忘れなそ、ふるさとの山河

―父と地方の精神―

柴田 耕一
Shibata Koji

風詠社

目次

我が行く道に茨多し
されど生命の道はひとつ
この道より我を生かす道なし
この道を行く

武者小路実篤

序

死が生き生きとしてそこにある。

父の病室から城山が見える。昔日、いや今も尚、人々の営みの拠り所となってきた小振りだが颯爽とした山だ。人は舞鶴《ぶかく》に模した。高々二万石の領国だったが海の物産には富んだ。何代目かの領主は学問に懲り、小藩にも拘わらず日の本でも有数の文庫を残した。支配され、守護され、城山と人々の歴史はその閉ざされた地勢が故にも濃密であった。

今は石垣のみを残す城山の、それよりも高く被い茂った木々の葉陰が落ちる本丸跡に立っても、山を下り、武家が嘗て登城した今も残る大手門をくぐり出ても、そこから山裾に沿って居並ぶ白壁の武家屋敷を歩いても、まるで幾帖の屏風のように山々が近く遠く濃く淡く視界に満ちてくる。柔和な、粗暴な、それぞれの頂達が、俺だ俺だと威丈高に顔を突き出してくる。そのいくつもの山塊の奥深くから血流の如くの幾筋の河川達が、これまた俺だ俺だと海を目指してドクッドクッと流れ出て来る。

城山は、血流が海との邂逅を目前に思わず歩を緩めるところにきっと立つ。城山もまた、この山塊とその血流に支配され守られ人々と共に、この地に長い時を刻んで来た。


その山塊に深い谷を刻んで蛇行を繰り返す川筋と山肌は、それでも人々の安寧の暮らしの拠り所としてあった。

父は、それぞれの谷から流れ出てきた二筋の奔流がぶつかり狭間に土砂が堆積して出来た山間の田地に生まれ、そこで一生の殆どを生きた。いや今も生きようとしている。遥かな海への希望を諦めて、蛇行の度に川筋に時をかけて少しずつ堆積していった山塊の残滓が、やがて田地となり、それが父の骨と肉と血と髪とその係累と多くの人々と有機物のすべてを形成する源となり、山の多くの生あるものを養ってきた。幸いにも海に達した血流と山の残滓は海を富ませ、浦の人々の生活を潤した。

子等の歓声が野に山に川に海に消え失せて、生への確信が溢れていた時代はとうの昔に過ぎ去った。人々は老い、老いたもの同士が支えあい、子等は帰って来ない。今、死へのラッシュアワーに人々は潔い。死が生き生きとしてそこにある。世代を継ぐ血流は弱り、最早死といえるものが生き生きとしてそこに横たわっている。川筋にしがみ付き山肌にへばりつき、死が圧倒してそこかしこにある。死はまるで生き物に変貌する。

太郎には、この地の人々を物理的に外界と隔絶させ、大気さえをも外に漏らさぬ構えの地勢と、それにひれ伏して生きる人々の営みは、うんざりする原風景であった。そこに父が家長として権勢を敷き、太郎の憂鬱は募っていった。

医療機器や点滴袋から伸びてきた、何本もの細い無機質のチューブが、操り人形の紐のように父のやせ細った体に纏わりついている。病床に横たわっている父は、まるで役目を終えた操り人形のようだ。城山の空に注がれた光に乏しいその眼差しは既に正気を失って久しい。

見上げる城山のその上の空は、黙々と蠢く人々の営みから、いつも超然としてあった。

田園の夕暮れ

初夏の西日を受けた峰々は既に輝きを弱め、その懐の幾重の槍衾の如くの整然とした杉林は暮色に染まり、その足元に小さく固まってある村人の墓所には、そこだけ既に濃い闇が訪れている。精気を失った大気の中に蜩の声が五月蝿く響き渡り、そろそろ川風も吹いてきた。

南面する里の裏山の鎮守に登る傾斜のきつい参道の石段は、苔むして、いくつかはひび割れ、いくつかはずれ傾いて地肌を晒している。途中に畳一畳もない休み場があるが、見上げても社の庇さえ見えない。高く長い石段の上の両端に、微かに狛犬の頭部が覗いている。

登り切ると、社に向かって両脇に、大人の背丈を遥かに上回る、その基壇はまるでインカ遺跡のピラミッドを思わせ、苔に覆われて風格を増した石灯籠が数百年を鎮座している。社の作りは簡素で二十畳もない板間は周囲の壁もなく吹き曝しで、天井の百枚は下らぬ数々の絵馬は既に色彩を失い命を終えつつある。白山信仰の賑わいが去って久しい。

昔日、子等が奉納相撲を行なった社の前庭の地面は、覆いかぶさってくる鬱蒼とした幾種の巨木に陽射しを遮られ、今は青々と苔むして、その巨木達の根があちこちから剥き出てきている。その空間は年中ひんやりとして、ここだけは、今も神性を帯びた濃密な空気を溜め込んでいる。

参道や社を深く覆う鎮守の杜を目指して、トンビも高い空から帰って来た。社の側にそびえ立つ楠の大木の祠のムササビが、そろそろ目覚める頃だろう。楠の大木は、武家の時代の百姓達の農作業を見下ろしてきた杜の守り神でもあった。神域とは最も縁のないカラスが厳かな空気を否定するかのようにクワーと鳴き、仏法僧が促されるようにこれに応じた。


鎮守の杜の麓には、遥か上流から子供なら泳ぐことも可能な青黒く苔生した今はセメント張りとなった古い用水路が伸びてきて、太郎の里山を巡り、遠く西日の当たる峰々の足元に消えていく。水路には春先から秋口まで水が満ち、葉陰のなかにこの水に洗濯をする母親の側で、幼い子等は暑いさなか水浴びをした。夏でも凛として冷たい水だった。

夏の夜には繊毛に覆われた大きな爪を持ったモクズガニが途切れることなく水路を下ってきた。子等は、やがて溢れかえるだろう獲物を期待して、ブリキのバケツに鍋の蓋を被せ、懐中電灯と、竃から火挟を掴んで、夕餉もそこそこに勇んで水路を目指した。爪を振り上げるカニの背を、ゴムサンダルの片足でドンブと踏んで、それよと火挟で掴み上げる。収獲の時が終わってバケツの中ではカニがガサゴソ暴れ、子等は鍋の蓋を押さえて誇らかに家路についた。

毎夏の変わらぬ光景は今は無い。モクズガニも減ってしまったが、今は代わりに里まで降りて来た鹿や猪の幼子が足を踏み外して流れてくる。

里の家屋の数は今も昔もさほどの変わりはないが、夕餉の時刻に家々から漏れてくる灯はポツリ、ポツリと、月日とともに減っていき、夜のしじまの犬猫の鳴き声も消えてしまった。子等は帰ってこない。

子等が戯れた水路は、行く先々で幾つもの石組みの小水路に分岐し、冷たい水は、山裾からなだらかに傾斜して開墾された、何百面の田んぼの授乳を待つ伸び盛りの稲達を目指して、あちこちから音を立てて勢いよく流れ落ちて行く。

父祖達が地勢のままに開墾した山裾の田畑は、かつてはどれもこれも額の狭さでひしめいていた。分かれて巡る小水路も子等の膝上を濡らす程には深くはなかった。子等はそこでも水草に潜む小魚を追った。夏の大雨の夜には、小水路は産卵の為に遡上して来た鮒、カジカ、様々な魚や水生生物で満ちた。子等はバケツと網を持って走った。蚊取線香を焚きながら縁側で夏の夜風に涼を取る時には、いつも目の前に何匹かの蛍がやわらかな光を点滅しながら優雅に夜間飛行を楽しんでいた。その棲家もこの小水路であった。


そんな長閑な山奥の田んぼにも区画整理は押し寄せて来た。額を集めて整然とした均一な広さの田地が作られた。その為には階段状に隣地とに背丈ほどの段差を要した。絵に描いたように美しい起伏に富んだ自然田は分譲地の如くの、里山の光景には馴染まない姿に変わってしまった。かつての石組みの小水路は更に深く広くコンクリートで固められ水草さえも消えた。

国庫からの補助金は地方には手厚すぎた。区画整理のみならず道路や堰堤や崖崩れ防止壁の整備やらと手の付けられる対象に予防的措置の名目で不相応に注ぎ込まれ続けた。公共事業という新たな収入源を人々に保証する一方で、豊かな自然に対しては深い爪痕を残した。

その整然とした田地に汗し一息ついて、小水路沿いに段々と下って行く稲田の一面のぬかるんだ畔の端に足を踏みしめた時、父には空《くう》を踏む感覚があった。生きて来た全ての時間が脳裏に巡って、ふんわりとゆっくりと仰向けにコンクリートの水路に転落していった時、その正気は永遠に潰えた。水路に逆さに浸かった頭部から噴き出した鮮血は、ドクドクと淡く色を失って、父達を育んで来た源流へと水勢に一体となって帰って行った。ただ湿った土と夏草の擦れた匂いだけが、生々しく父の鼻腔に残っていたことだろう。

呼気だけが弱々しく病床にあった。輝きを無くした父のにぶい眼差しが城山に注がれている。

脱出

三方を山に塞がれ、東に海に開いた唯一の外界への出口さえ、両袖を刃こぼれのした槍の如くの長い岬に阻まれていて、大地そのものものリアス式海岸の海の深みに滑り落ちていく。人々は外界に出る為には延々と続くその海岸縁か、遠く重畳の山々を超えていくしかなかった。武家の時代は更に隔絶した世界であったことだろう。あの薩摩さえ、この地を襲うことはついぞなかった。

波がこれでもかと洗い切って作り上げた、欠けた櫛の歯の並びの岬を何度回り込み、何度トンネルをくぐれば、朝早く夕遅くまで光が伸びやかに跳ね回る希望に満ちた地平が迎えてくれるのだろう。太郎の山には、光は朝遅く片足しか伸ばしては来ず、夕早く足早に去っていく。見上げる夕焼けはせつなく一層悲しい。

老婆の歩みで太郎を乗せた列車が北に向かって走る。櫛の歯を走る。振り返りはしない。里山は捨て去るまでだ。城山の支配の及ばない土地と人々が、地平の先に間違いなく太郎を待っているはずだ。父が手植えし長い時間をかけ世話を厭わなかった桜が、躑躅が、太郎の里の沿道や鎮守の杜の山裾に芽吹く頃に。

係累

祖母は明治に生まれた働き者だった。控え目で優しい人だった。

穀物を天日干しする筵の十枚も広げれば隠れてしまう湿気の強い粘土質の土で固められた庭を、母屋と「く」の字に囲む納屋の先の土蔵の屋根裏に住んだ。大戦の空襲に、かつて黒く塗られた白壁は、未だ淡墨の化粧の跡を残していた。ひび割れて、欠け落ちた化粧の下に覗く乾ききった土壁は年々風雨に口を広げていった。石段の上の土蔵の入口の重い扉は傾いて建て付けが悪く、祖母が出入りする度にキイキイと鳴いた。貯蔵した籾、米、麦、大豆による穀物臭が微かに屋根裏にも届いた。足踏脱穀機、千歯扱き、唐箕、犂、鋤、手押し除草機、明治以来の数々の農具も穀物と共に詰め込まれていた。この蔵に、毎夕刻、大きな藁の俵に脱穀して保存された米を袋口から家族分を小鍋に一升枡ですくい取り、鍋に紛れ込んだよたよたと這い回るコメムシを払い取るのも、幼い太郎のささやかな労働の一つだった。

蔵の中の軋む古い踏み板を何段か上がった先の屋根裏は日中も暗く、奥行きのある碁盤大の窓には、土壁を切り取って出来たような、錆びた鉄の薄板で覆われた分厚い片開きの戸が付いていて、最早、完全には閉じなかったが、ギギギと押し開けると、刺すような光が飛び込んできた。祖母の身の回り品や小箪笥や一族の記憶から消えた古具が、光を浴びることなく四方の薄暗い影の中に身を潜めていた。畳莫蓙をひいた二畳にも満たない中程の板間が、折り畳んだ布団とともに祖母の魂の世界だった。永遠に光の届かない天井は、漆黒の宇宙につながる神聖な空間だった。夜は裸電球の下に土蔵の主と共に祖母は寝た。祖母の土蔵を光り輝く無量の星々が覆い、厳かにフクロウが鳴き夜は静寂を増した。

「婆ちゃんを母屋に寝せちゃれ」。父を見上げて幼い太郎は文句した。母屋の玄関戸をトンと後ろに閉めて、闇夜にカタコトと下駄の音を残しながら土蔵に戻っていく祖母を太郎は思った。土蔵の扉がキイキイ鳴いた。

背が微かに曲がって痩せぎすで、いつも木綿の手拭いで頬被りし、訪問着にモンペ姿、それが祖母の外出着で野良着だった。毎日毎日山に入り、杉の枯れ葉や雑木の落ち枝を頭のはるか上まで背負子に積み上げて、細い体が背中の重みにゆらりゆらりと操られながら、出かけた時より長くなった影を背に、生木の突っかい棒を頼りに土蔵の角を曲って山から戻ってきた。祖母の背に重くもたれかかってくる何日分かの夕餉の薪を満載した背負子を、土蔵の肌にヨイショと体ごと後ろ向きに預けて肩を抜き一息した。頬被りを取って、額から首筋にかけて汗を拭う時にだけ、まだ黒髪の残る丸髷の穏やかな顔が現れ、太郎にはどこか知らない人のような気がした。頬被りは太郎には祖母の体の一部であった。祖母の杉の枯れ葉は竈でよく燃えた。

大きな木の盥の中に膝を抱えて縮こまる太郎を庭先で湯浴みさせ、天瓜粉にむせぶ太郎に浴衣を着せるのも祖母の役目だった。夏は蚊帳の中に、冬は火鉢の近くに、寝入るまでは祖母の痩せた胸が太郎の寝床になった。いつも季節の草の匂いがした。太郎にはそのうちそれが祖母の数少ない幸せの時間だと分かった。添い寝が不要な歳になっても、太郎は暫くは祖母に添い寝を求めるようにした。祖母が背中を優しく、たんっ、たんっ、と子守唄のリズムを取って打ち続け、太郎は寝たふりをして応えた。

太郎の母は山向こうの実家の長兄が起こした事業に駆り出され、毎日遅くまで休みも僅かにこれを支えた。長兄には人件費を抑え無理を強いることが出来るのは血を分けた弟妹達だけだった。母は帰宅後も疲れを隠せず、そのまま居間に縮こまって寝入ることが再々だった。祖母が家事を担い、祖母の作る夕餉は太郎達の口には貧しすぎた。箸をつける前にそれが顔に出た。土間に佇む祖母の申し訳なさそうな顔は太郎を奈落に落とした。母を恨み母の兄を憎んだ。

やがて祖母は母屋の座敷に病臥し、柔らかな布団と清浄な空気に包まれて、初日の出と入れ替わるように静かに山の彼方に帰って行った。今においても、太郎はそのような神々しい顔に出会ったことがない。祖母と過ごした日々と、その人生を思い、暫くは祖母の為に泣き濡れた。果たして父の祖母もまた土蔵に住んだのではなかったか。父もまた幼い日に、太郎と同じ言葉をその父に発したのではなかったか。「婆ちゃんを母屋に寝せちゃれ」。

父方の祖父は父が十代の前半に逝った。祖母は惣領をどのようにして上の学校にやったか、家産を処分したことは確かであろう。父は弟妹の中で唯一高等教育をうけ地元の師範学校を出て教職に就いた。父の弟妹は近隣の町や村に嫁しあるいは婿入りしていった。

太郎が自我に目覚める頃まで、父の末弟は未だ納屋の二階に住み父が学費を支援した。学芸に優れ上の学校を夢みたが父の家計が許さなかった。太郎は納屋の二階によく登ったが、いつも祖母の土蔵の屋根裏と同じ空気を感じた。叔父は太郎に尽きぬ夢を与えた。ひび割れて傾いた部屋の土壁に掛かった、キャンバス代わりの三号程のサイズの薄板に塗り込んだ油絵の具の陰影が、叔父の心情を訴えているようだった。やがて叔父は城下に就職し海辺に婿入りして行った。太郎は叔父の夢を継ごうと思った。父の枕頭でこの末弟が多くを過ごし、父の頭を繁く撫でた。行事の度に本家を訪れ、太郎に言葉少なに声をかけた。父の他の弟妹達は、この二人を残したまま既に祖母と山の彼方にあった。

本家に賑わいは途切れ、今は母だけが一人残され、朝夕に仏前に膳を捧げひたすら経を読む。この家に家長が戻ってくることは万に一つもない。

山向こうの母の実家は旧家で、女兄弟が数で圧倒し、叔母たちは強く優しく、叔父たちは控えめをよしとした。

母の実家は常に行事で賑わい大きな家屋敷はかくれんぼに子等の歓喜で満ちた。屋敷の裏手にはナツメの巨木が繁り、子等は裸足でザラザラした幹を這い上り、茶色に熟れた実を頬ばった。庭には一本の痩せた梨の木が佇み、毎年僅かながらも小さな実をつけた。

庭を挟んで母屋の向かいの隠居家には、多種の庭木や苔で覆われた築山と、渓流の水を引き込んだ広く深い瓢箪型の池があった。春には落ちた椿の花弁で水面が紅く染まり、その下に色とりどりの大きな鯉が悠然と泳いでいた。その贅沢を借景に、未だ外祖父の母が縁側に陽を浴びていた。

太郎には父は家長としては未だ外祖父に遠く及ばないように思われた。外祖父の家長の重きと成熟と、豪壮な屋敷が何故か太郎を魅了した。屋敷の中には未だ隠された何かが太郎を呼んでいるような気がいつもした。

太郎は鬱蒼とした山林と眼下にキラキラ輝く川面に挟まれた何里の細い道を、人さらいに怯えながら孤独と寂しさを必死にこらえ、幼い足で遥か山の向こうの母の実家を目指した。母に手を取ってもらわねば、辿れる道のりではなかったが、母の実家の生き物の如くの屋敷の呼び声に促されるように、太郎は意を決し一人家を出た。

丸太を横木に組んで板を渡し、土を被せた手摺のない木橋の向こうの高台に母の実家の大屋根が見えてきた。木橋の両端には雑草が繁茂し、板のところどころが朽ちて穴が空き、遥か下に白く乾いた河原が覗いていた。太郎は申し訳ない気分で裏手から屋敷に入り、外祖母とまだ学生の若々しい叔母叔父を居間に捉えた瞬間、滂沱したが泣き声は押し殺した。幼い太郎は家長にならねばならなかった。

父は中学校の国語教師として一心に教鞭を執り、離島に、浦に、山間に、城下に、多くの子弟を育てた。祖母の気質を濃くはなくとも引き継いだであろう誠実と実直は、教頭、校長、教育長と、教師としてのささやかな名誉を刻んだ。父の教えと示した徳は巣立った子弟の幾久しく酒の肴となっただろう。正月にはゴム輪でまとめられて山のように年賀状が届き、父は達筆で一枚一枚返信に心を込めた。先生、先生と年賀の客が相次いで、太郎の頭を撫でて帰って行った。太郎は少し父を誇らしく思った。未だ聖職が息づいていた。

太郎は弟妹を得たが、父は太郎にだけは厳格を任じた。長子は惣領として係累の繁栄の重荷を背負う。父や母の一族の太郎の扱いはそれであった。

太郎の海、太郎の山

太郎等は物心がつく頃に父の任地の温暖な海辺の町に暮らした。湾を大きく囲い込み、港を見下ろす山々は、夏には黄色に色付いて、鮮烈な蜜柑の香りを降り注いだ。海は雄々しく煌めいて海辺に特有の生臭い匂いを吹きつけてきた。なによりも町は四季を通じて豊漁で賑わい、物産の豊かさに満ち、人々は明るく開けっぴろげだった。

父の学舎は、湾に注ぎ込む二本の小さな川に挟まれて海に接し、青松が潮風を防いだ。太郎の幼稚園の戻り道には、決まって父の教え子達が、校舎からワイワイと揶揄ってきたが、屈託のない開けっぴろげなその歓声に、太郎は何故かこの時父の子であることが嬉しかった。

未来の網元の惣領や網子らと、椿や桜の早春に山にメジロを取り、川床の石の裏に蟹や鰻を追い、夏は海に櫂を漕ぎ波に遊び、時に岬に防波堤に竿を垂らし、秋には寺社の裏山に椎の実を拾い、冬は浜の網小屋の網の小山を転げ回り、腹が空けば、浜一面に干された筵の上のシラスの雪景色の中に、微かに赤味を帯びて所在を知らせてくる、程よく塩味を帯び弾力のある子烏賊をつまんで食べ、飽くことのない日々を過ごした。
　ともがらの顔の記憶は遠く霞んでしまったが、網元の娘の瓜実顔だけは何故か脳裏から今も消えていない。正月にはどんど焼きの火の粉が高く舞い、海も山も空も赤々と焦がし、太郎はこの町に一生暮らしたいと思った。

　海の底抜けの明るさが、やがて戻る山の暮らしにもあると太郎は信じた。父の任地は、祖母の暮らす里から山塊を更に巡った山奥にあり、一人赴任した。太郎は祖母や残された家族と父の生家に住み、山の暮らしの様相を徐々に知っていった。山の暮らしは海に比べれば厳しく、山はそこだけの時を刻み、外界とは時空を画していた。爾来、徳川の世は余所者には排除の法を強いたが、山の谷間には連綿としてその精神が息づいていた。里の子等には、太郎の家族が持ち帰った海の空気と振る舞いは馴染むものではなく、太郎の海は、太郎の心から急速に居場所を失くしていった。加え、教師の子という肩書きは、村の社会ではよくも悪しくも扱いが難しかった。教職は聖職であり教師は尊敬を集める地域の名士であったが、何よりも村の子等の家長とは生業を異にし、太郎と里の子等の心の溝が埋まるには期日を要した。

山の教育

幾つもの山塊がひしめき合って、河川は葉脈のようにそれを巡り、やがて本流に流れ込む。広大な山村の学校は、その上流と下流に分置され、それでも通学が困難な支流の山には分校が置かれた。未だ日本の高度経済成長が緒に就いたばかりで、山の人口も成長を維持し子等が溢れていた時代である。車社会は到来しておらず、本流の川筋だけを走る公共バスを除いては、山の多くの人々に歩く以外の移動手段は乏しかった。

幾つもの川筋の山肌を洪水が達しない高さに彫刻刀で削ぎ取ったように出来た道は、車がすれ違うことも出来ない細さで、舗装もされていなかった。眼下に谷川を臨み、砂利が飛び散って所々岩が覗く轍で凹凸の出来たその心もとない道を、子等は晴れの日は材木や川砂を運ぶトラックが息絶え絶えに吐き出す黒々とした排気ガスや、乾ききった路面から舞い上がってくる砂塵を浴びながら、雨の日は水溜りに素足の靴を濡らし、ぬかるみに泥を跳ね上げながら、崖側を避け山際に縦列を成し、上流から下流から支流から何里の道を学校まで歩いた。自然と足腰は鍛えられ、山の子等が城下や県下に陸上競技や球技で卓越した結果を残し続けたのもむべなるかな、である。どの校舎も逞しい子等で満ち、歓声は山々にこだました。遠く山林で働く父や兄にもその声は届き、父や兄は大いに仕事に励んだことだろう。

猫の額であろうと、まずは田畑への利用が優先された山では、学校は平地を諦め山の斜面を開いて建てられた。太郎の学舎は、蛇行する川に三方を囲まれた高台に置かれた木造の平屋建てで、本道から坂道を登ったところにあった。山肌に張り付いた校舎に沿って棕櫚が等間隔で植えられ樹高を競っていた。裏山には段々畑に茶が作られ、年に一度、課外学習を兼ね子等は茶摘みを覚えた。

教室の窓側と廊下側の両面の、触れれば割れそうな安っぽいガラスが嵌められた、立て付けの悪い木枠の窓は、冬は木枯らしに一斉にガタガタ揺れて、冷気が教室にいとも容易く忍び込んで来た。職員室以外に灯油ストーブはなく、子等はかじかんだ両手を尻に敷きその手に暖を得た。夏は開け放たれた窓から、校庭の砂塵が蝉の鳴き声と共に舞い込んで来て子等の教科書を汚した。教室の脇の長い土間にあつらえた廊下はいつも土埃で白っぽかった。悪ガキはその両窓から颯爽と出入りした。所々節穴の入った黒板をキーキーと掻き鳴らし、クラスに鳥肌を見舞うのも決まって奴らだった。春のむせぶような新緑の薫りは子等の勉学の集中力を助け、秋の眼前に迫る多彩な山の景色と澄んだ空気は子等の思索を深めた。

土間の両端に設置された共同便所は汲み取り式で臭気が酷く、ザラザラのちり紙はいつも不足し、子等には使用に耐えかねた。小便をするに不足はなかったが、子等は校舎の周囲にいくらでも堂々と放出した。

校庭は狭隘で通って来た道同様にその表面はおよそ怪我を気にせずに使える代物ではなく、二面ほどの窮屈な軟式テニスコートでは、ボールがよく不規則に弾んだ。コートの周囲には竹竿で網を張ってボールの散逸を防いだが、ボールは横脇からよく校舎下の本道を超えて転げ落ち、貴重なボール探しに下級生は息を切らした。子等は毎日裏山を這い上り川筋を駆け、偶に川で水浴びに興じ、部活の体力を養った。体育館もプールもなかったが、山河がこれを提供し、子等にはさして不満はなかった。ただ野球だけはついぞそのグラウンドを得ず、山の子等にプロ野球選手を目指す夢を持つ機会が訪れることはなかった。

教師等は体罰をよくしたが、子等が親に告げる事はなく、親もたとえそれを知ったとしても気にかけるでもなかった。態度が横柄だと目を付けられた子等は、棍棒やげんこつで腿や額に青痣が始終絶えなかった。それでも多くの教師は自信に満ち、白墨を折りながら叩くように文字や数字を黒板に刻み、子等を圧伏しつつも尊敬を集めた。

父もその様な教師の一人であったであろう。この頃の教師達は、言葉による威圧や体罰も有効で重要な教育手段の一つと信じていた節がある。何よりもそれに優る自らの専門性は言うに及ばず、多くの教師達には教育への信念が溢れていた。為すすべを持たない子等には反発心や反抗心は露骨に表象したものの、それ以上に反骨心がいや増した。教師もまた反骨心が涵養されるように上手く導いた。もっともそれは慈愛無くしては成立する関係ではなかったろう。あの温厚で尊敬を集めた父でさえもたまに子等をビンタした。

午後には早くも山影が、校舎を、校庭に遊ぶ子等を、裏山から一気に襲ってきたが、川向うの山肌からは、しばし残照が照り返してきて、子等の顔を輝かせた。ささくれ立ってこれも節穴だらけの教室の床に雑巾掛けし、竹箒で校舎の周囲を適当に掃き清めた後、教師と子等は一日の戦いを終え銘々家路に就いた。

子等を追い立てるように夕闇は谷底から濃さを増し、やがて山を這い登り、天空を除いて太郎の山に漆黒の闇をもたらした。巣に帰るとんびのピーヒョロロと鳴く声を合図に山の獣達がもぞもぞと地上に押し出して来て、子等は邪魔立てせぬように眠りについた。未だ不登校と言う言葉はなく、事実、そういう子もいなかった。山間の部落毎に年長者が子等の世界の秩序を統制し庇護し、子等は代を重ねてこれを継承した。子等は社会に出る前には自らの世界で社会性を自ずと学んだ。

山と子等の世界

休みの日は言うに及ばず、子等は学校が引けると陽が暮れるまで山野を駆けた。

山は山なりに、海にはない野趣に富んだ。春に川の土手に群生する筍を取り、野に瑞々しいイタドリを手折り塩で食し、野いちごに指先や歯を紅く染め、グミの酸味に唾を飲んだ。夏に山桑の実をもぎシャツを汚し、枇杷の木にこもり思わず種を飲み込み狼狽した。秋に熟柿を待てず渋柿を揉み、無花果を割りへたから染み出す乳汁を拭い、棘の痛みに栗を拾った。冬に山に分け入り山芋を掘りムカゴを頬張り、深い山中にアケビの蔓に手を伸ばし極上の甘味に疲れを忘れ、肉桂の根を掘り屋根に干し更に辛味を求めた。自生と栽培とを問わず山の食彩の豊かさに、子等に四季折々採取の醍醐味が尽きることはなかった。

子等の五感の全ては山河に感応し共振し、身体はあたかも自然の一部の如くにそれに浸潤した。

山の子等の必需品は折り畳み式の小刀だった。柄の部分に刃を納めれば掌に収まってしまう、遊びには万能の道具だった。折り畳んだ刃の根元の突起を親指で押せば、柄から刃がヒュッと飛び出してきて、子等はそれを操る主人として誇らしく感じた。篠竹や雑木の枝を切り、削ぎ、刀や弓や水鉄砲や笛や竹とんぼと遊び道具は大抵自作した。明日の新たな製作という創造の為に刃こぼれの手入れに毎日余念がなかった。子等の銘々の小刀は父らが農作業の為に鎌を研ぐ砥石で研がれる度に細ったが使い易さは増した。新しいものを求めれば今にも折れそうな簡易の収納鋸も付いてきたが、それでも小刀が主役であることに変わりはなかった。

子等は、使い慣れるまでに、切り、削ぐ、対象をきつく把持する左手の指に、勢い余って右手に押し込まれた刃で、大抵は何本もの深い切り傷を負った。太郎の左手の人差し指には今もくっきりとその傷跡がいくつか残っている。子等の誇りもそこに印された。傷は路傍や畦に生える蓬を揉み唾をまぶして手当した。子等の創造力の涵養にこれほどの利器はなかったろう。今は小刀を扱う雑貨屋を知らないが、あれば昔日の子等の利器は今や凶器の汚名を負う。

山の子等は人の手を介した音楽というものに無縁ではあったが、四季折々の山の奏でには恵まれた。早春の鶯や時鳥の恋歌、雲雀のアリア、薫風の、青葉をザーッと撫ぜる高揚感に満ちた序奏に続き、それが突然強く森を突いてブンッと鳴る低音域への変奏、夏のせせらぎと翡翠のハーモニー、地から湧き上がる蛙の輪唱、秋の穂を揺らす風の波の囁き、聴衆の感性を研ぎ澄ませて止まない虫達の夜の静謐との競演、冬の木枯らしの野を渡る横笛の音、自然の奏でが山の子等を包み込んで、里の音楽堂の公演が尽きることはなかった。

憧憬

山では真空管ラジオが地平を知る唯一の手段で、それはアルミの覆いの裏の小さな小さなスピーカーから、ノイズの間隙を縫って途切れがちに届いてきた。ラジオの声はノイズに主役を奪われ、どのようにチューニングしても、家の端から端まで持ち動いても、ノイズが歌いこそすれ外界を手繰る手段にはならなかった。ラジオからの歌や音楽は声よりも更に不快を奏でた。太郎の山と地平の間には、今程には時間と空間の同時性が存在せず、山の人々はノイズの前に地平への想像力を放棄することに躊躇はなかった。

親達の山の娯楽と言えば、たまにやって来る巡回映画程度のもので、夜分、座布団を持ち寄り公民館で鑑賞した。白黒の活劇映画は、家人の膝に抱かれた子等にとっては退屈極まりなく、心地よい眠りを誘うものでしかなかった。太郎の山に隔絶した世界が長らく残された。

父は卓上レコードプレーヤーを求めソノシートで流行歌を愛でた。太郎は、都会の華やぎや哀切を初めて感じたのも、有楽町での逢引を歌った流行歌手の渋い声からであり、初めて異国に想いを馳せたのも、何とも叙情的で情感に富んだ蘇州の夜を謳うその調べからであった。太郎はこれらの歌曲を音程定かならずも今でも口ずさむことが出来る。やがて父は本格的なレコードプレーヤーを揃え、西洋の民族音楽のレコード全集を筆頭にあれやこれやとＬＰレコードを買い込んだ。音楽に限らず、どの分野でも全集物が流行り、父はこの全集と称するものをよく買い求め、書架に溜め込んでいった。太郎は、西洋民謡の多彩な調べや、厚いカバーに護られた世界紀行全集の中の、多くはモノクロにも拘わらず鮮やかな写真とに世界観をいじられた。

ロンドンデリーや庭の千草にスコットランドの郷愁を想い、ステンカラージンやボルガの舟唄にツァーの時代のロシアの大地や農奴の哀切を想った。今も思い出すたびに、太郎の記憶の中にレコード針が、ジッ、ジッ、とその音を重ねて来る。

太郎の国では肌を露わにするには未だ勇気のいる時代に、紀行全集の写真の中の北欧の男女の若者達が芝生の上に半裸を晒し、読書や日光浴をする姿が目に焼き付いて離れなかった。全集の、そのすべすべとした紙の質感や匂いさえモダンな気がした。西洋の自然や街並みの想像を絶する美しさに、人々の姿形の秀麗さに、山の暮らしとの隔絶と絶望を感ぜずにはいられなかった。

交響曲とはなんぞやと、初めて手に入れた、表面だけがスベスベした薄いトレースペーパーのようなもので保護され、厚紙の袋に納められていたベートーヴェンのＬＰレコードは、本命の交響曲第５番よりもその裏面の第６番に魅せられ、終生、太郎の精神の癒しの調べとなった。未だにこれに優る西洋の交響曲を知らない。その通称は太郎の里山をも想起させた。西洋の先人達は何を以てこの様な神の領域の才能を持つに至ったのか、太郎は素直に感動し尊敬した。

異国への興味と憧憬で太郎の精神は微熱を発し始めていた。以来、太郎には里の音楽堂が公演をすることはなかった。

やがて文明は山にもテレビをもたらした。山では共同アンテナを峰に立て、音と画像からノイズを退治した。以来、父のレコードが回ることはなかったが、それでも次々と持ち込まれて来る書籍の類で、相変わらず父の書架は太郎の地平への出口で溢れていた。これらはまた、かつての父の儘ならぬ地平への憧憬の代償であったのだろうか。

山の幸福

太郎の祖父母の時代の山の暮らしは厳しいものだった。それ以前は尚更のことであったろう。古老の話に従えば、勧善懲悪のテレビや映画の時代劇に描写される典型的な百姓の暮らしとさして大差がなかった様に思えてくる。これに戦時の負担が人々の上に重くのしかかってきた。徴兵は多くの山の若者の命を奪っていった。食糧供出に残された者は困窮を極めた。寡婦の苦労は筆舌に尽くし難く、後妻に入る事は稀ではなかった。この時代までどの家でも、家庭を持てば数多くの子供をもうけたが、異父母の兄妹も珍しくはなかった。家を継ぐ長男でさえも山で暮らしを立てることは並み大抵のことではなく、他の兄弟姉妹が糊口をしのぐ術は山には更に限られた。国策とは言え満蒙開拓に生や夢を繋ぐ者も出た。今に比べれば高度な医療は無きに等しく、若くして何人かは泉下の客となった。

人々の側には死が日常的にあった。それは歳を重ねた結果としての寿命によるもの以上に、夭折、病死、事故死、戦死によるものであった。

それでも人々は貧しいながらも真摯に山で支え合い生きて来た。傾斜地の狭小な段々畑には桑を植え座敷や土間を使い蚕を飼った。楮を植え加工を施し原料にして紙屋に売った。コメは貴重な収入源になった。稗や粟に食を頼り、肉は言うに及ばず、魚さえ食す事が出来ない貧しい暮らしが現実にあった。炭焼きは安定的な収入をもたらす山の唯一の産業として、多くの人々の生活を支えた。峠を越えてあちらこちらの町や村に牛を引き背負子に担ぎ売りに出た。エネルギー源としての需要は多く、戦時は炭炊きのバスさえも走った。学校を休み、家の農作業に幼い身体を酷使する子等は少なくなかった。教育機会を得ず、ろくに字が読めない者もいた。それでも老齢に達すると、人々は余生を穏やかに過ごし今の幸せに感謝した。子や孫の手厚い世話に過去の苦労の多くが報われた。

真摯に生きて来さえすれば、過去の苦労は昔話で済む。それが人間の得難い特性である。真摯にあれば、苦労は心の痛みには至らない。人々は自然とそれを体得し紡ぎあって生きて来た。貧しいながらも山ならではの幸せの掴み方がそこにあった。山の古老達が口を開けば、その重い歴史が故になべて哲人になった。その屈託のない笑顔は、子等の心に幸せの何たるかを浸み込ませた。太郎は、祖母も五人の子を抱え、幸いにも祖母に先立つ子はいなかったが、若くして寡婦になっていた事に思い至った。太郎はその労苦を祖母から感じたことはない、祖母がそれをこぼすこともなかった。穏やかで優しい祖母の面差しを思い出すのみである。それは山の風土に真摯に向き合い生きて来た人々に共通のものであった。

知ってか知らずか、これらの者の労苦が尋常ではなかった分、山の子等は存分にこれらの者に慈愛を注ぎ込まれた。

聖家族

山では教師は生活と命を預ける郵便局長と診療所長と同格の席を与えられた。

そもそも郵便局は制度発足以来、生まれてこの方、世襲として人々の暮らしの中心にあった。局長は人々の幼馴染であり朋輩であった。外界との間に物と情報を取り次ぎ、仕送りや生活の交換手段を供した。電話の自動交換が始まるまでは、電話交換手を兼ね遠い地平の子等の鼓動をも取り次いだ。

時を置いて巡回して来る診療所は、山の命と病の避難所であった。越中の薬箱に頼れぬ時は、人々は山にあっては自給自足に同様に、大抵の怪我や病は自らが処置した。薬の補充に御用聞きが山奥まで毎年足を運んで来た。太郎は彼らが越中から遥々旅をして来たと信じ、その薬効を信じた。其れだけに経験を超えた病への不安を安心に変える医師とその言葉は拝むべき対象であった。

教師は明治以来、国家の子等を大義に導く犯し難い聖職であり、自然、人々は首を垂れた。

太郎は聖職である教師の子であることを強く意識するようになっていった。山では父とその家族を知らない者はいない、というよりは全ての人々はお互い老若男女を問わず知り合いであった。誰かの今日の行動は必ず何処かの家の夕餉の話題に上り、今日の労働を振り返る事が全ての、人々の乏しい会話に色を添えた。翌日には山の隅々まで誰彼の行状が伝播してしまう閉じた監視社会では、誰しもが個を隠すことは望めない、誰しもがお互いを見知った狭い暮らしの現場であった。余所者が居着こうにも精々胃腸をやられて退散するばかりだ。監視の目は胃腸薬では治癒しない。

太郎は段々と自分を律して行った。悪い事をしてはならない、非難されるような事をしてはならない、良い子であらねばならない、人に迷惑を掛けてはならない、行儀が悪くてはならない、何事も謙虚であらねばならない、分かったような顔をしなければならない、愛想はした方がよい。父と教師というものが太郎の精神を拘束し山の閉じた社会は太郎の精神を休ませなかった。太郎は模範生を演じ、実際、山では理想的な模範生となった。

太郎の山では、子等の多くは高等教育を目指す以上に、早く世に出て手仕事を身につけることが極普通の道のりだった。先輩や同胞の多くは就職列車に乗り、選ばれたものは専門学校を目指し、幾ばくかはそのまま山と田地を守った。

もっとやれるかもしれない、父は太郎に更に上を望み太郎に重く被さって来た。

太郎と弟妹は高等教育の機会を得、狭い山間の村落からいずれも官立の大学に進み、父の経歴に僅かながらも花を添えた。なかでも弟は天皇のお膝元の最高学府に進み、何故か自然科学を目指し我が道を通したが、一族の将来に夢を繋いだ。妹は信念をもって教師を目指した。父は太郎にだけは実学以外の選択を認めなかった。惣領は道を外してはならない。生活の立つ道を歩むものだ。その時、叔父の夢もともに散った。

山の荒廃

教師ではあったが、父は一族の家長でもあった。先祖が残した山林田畑を維持管理しなければならなかった。教職に劣らず労働もよくした。

大した山持ちではなかったが、休みになると地下足袋を履き農機具メーカーの銘が入ったキャップを被り、枝打ち鎌を肩に杉の枝打ちに、夏にはキャップを麦藁帽子に替え首にしっかりタオルを巻き、その下草刈りにと年中山に入った。太郎も大きくなると、岩や礫に覆われた地味に乏しい山肌の急斜面に、足を取られながら、なるべく根が張りそうな場所に、尾根の上から下まで出来るだけ等間隔に杉の苗木を植える手伝いもした。打ち込む鍬の先で時に火花が散った。斜面の上は日が差して暖かく、下るにつれて日中にもかかわらず日は届かず、太郎の汗もひいていった。

杉を自らが植え育てても伐採するのはその子や孫であり、四十年、五十年経ってやっと売り物になる。実に手間を要すコスト効率の悪い商品だ。太郎の幼い頃には、山中に切り出した原木は、山の奥から谷に沿って麓まで木枠を組み、その上に何百本もの丸木を渡し、人が木橇（太郎の山では木ん馬と呼んだ）の前と後ろに付き、丸木の上を慎重に橇を滑らしながら、危険を顧みず運び下ろした。

山では公共建築材として木材はよく利用された。山肌の本道から外れた川向こうの村落に入る橋は概ね欄干のない木橋か板橋だったし、中には水嵩が増すと水面下に沈んでしまう沈み橋（沈下橋）もあった。大水の後は沈み橋や木橋は流され、人々は本道に出るには渡し舟を使った。祖父母の時代は今に比べて河川の水量は多く水嵩は高かった。そのうちそれらは丸太や板材からコンクリートに代わり物産の運搬は随分と楽になった。沈み橋は今でも太郎の山には残っているが、これらを利用する対岸の村落には人が尽きた。木材に代わるコンクリートによる橋を、人々は永久橋と呼んだ。世に木材需要の減退を予兆させた。

山の人々が父以上の手間暇をかけて手入れしたであろうこれら山の未来の財産は、外材の席巻にとうの昔に人々が維持管理する意味を失って、今は荒れ放題で里山の奥に虚しく打ち捨てられている。太郎は帰省のたびに山々から無言の悲鳴を聞いた。かつての真直ぐな杉の槍達が、長らく手入れの入らぬまま大風や大雨に為すすべもなく、遂には山肌に片膝を屈し、あるいは倒れ込み、雑木の圧勢にひれ伏して、その木肌は見るたびに剥げ落ち白骨化の様相で、末期の悲鳴があちらの山からもこちらの山からも聞こえてくるようだった。山に残った子等のどれだけの汗が山に浸みただろう。山の営みは人々の忍従とともに細っていき、継ぐべき子や孫は町に降りるしかなかった。

かつて国策により、どの様な不便な山奥や、山の頂きに至るまで自然林は人工林に取って代わられていったが、今や子や孫にとっては、その果実にありつく事は稀で、そのまま放置しておく方がコストがかからない。山地は不動産としての評価額は目を覆いたくなる程安く、迷惑な資産でさえある。一方で植林の弊害も生じた。山の水系は細り、獣達も食糧難に里に降りざるを得なくなり人との諍いが増えた。これらのものの侵入を防ぐ為、里山には大人の背丈を越す鉄柵が張り巡らされ、万里の長城を愚かな行為とは笑えない現実がある。今や太郎の山には遥か遠くの高山からニホンカモシカまで出没してくるようになった。猟師は鹿と誤認し殺めたが、賞味もした。水嵩は減り瀬が増えて渡し舟は消えた。

父は自宅を新築し、その材料にせめて先祖が手植えした杉を当て、遠い昔に流れたであろう祖先の汗を贖った。売りに出る山があれば、太郎達が維持管理することはないと分かっていただろうが、それが雑木林であっても手にいれた。先祖の山林田畑を、自らの学問や兄弟達の食い扶持の為に処分せざるを得なかった父祖への贖罪の思いがあったのであろうか。

地平の太郎に母から電話が入った。「山の木を売っちょくれと言う、どげえしょう」。母が言う。周りの山持ちの杉山と一括買いするという。太郎が父と汗した山だった。僅かな父の木を単独買いしてくれる機会は永遠にやって来ないだろう。五十年近くを風雪に生きてきた杉一本が、地平の太郎の家族の外出先での昼飯代にもならない。それが父が流した汗の、守って来た家産の代償だ。山の長い営みの顚末はあまりに切ない。「先々、買いに来る者なあ、おらんじゃろう。売りゃあいいが」。答えたが、太郎は出来れば母に売って欲しくはなかった。太郎を育てた山の精と父との決別のような気がした。切り倒される木等の光景を想い、父までもが切り倒されていくようで哀しくなった。

父の作した米は評判を取った。職を辞してから、更に魂がこもった。太郎の地平に届けられる父の新米は、東北の米にも負けない大した美味さだった。山の滋養は申し分ない、後は作り手の作物への丹精の込め方の問題だ。家の裏に拡げられた父の菜園は年々歳々多彩を極めたが、野菜をほとんど食さぬ父は、多くは近隣に親類縁者に分かったことだろう。柚子、カボス、栗、枇杷、玉蜀黍、茱萸、棗、の果樹が菜園を囲み、父の里山は隆盛を極めた。それでも、地平では食の多様化に新米を心待ちする習慣は廃れ、異国のフルーツや舶来の近郊野菜が溢れ、父の菜園にも山の人々が継いで来た固有種が生き辛くなった。山が、その血流が、惜しげもなく与えてくれた滋養を汲みあげる子等も概ね尽き、滋養は地平はおろか城下にさえも届けられることは少なくなっていった。山は鬼気を取り戻し、魑魅魍魎が戻り、追いやられていた獣も田地に下りてきた。滋養はやがてはこれらのものに帰し、これらのものの子等が、栄えていくのだろう。

長い先祖の山の歴史は、育まれてきた山の生活や山との共生の知恵は、山に教えられ伝えられてきた万言の道標は、子等も知らず山に埋もれていくのだろう。それを取り戻そうにも人の歴史のスタート地点まで遡り、そこからまた膨大な年月を辿らなければならない。

太郎が幼い頃には、人が住めそうもない山の中腹に、里山の世界に入って来ない人が暮らしていた。山には古来、様々な文化や習慣が息づいてきたに違いないが、地平ではほとんど拾い上げられることはない。海には海の山には山の独自の文化を持つ民がいた。これらはこの国の端々で日常的に見かけた光景なのだ。山や海の暮らしは、真面目さと、直向きさと、謙虚さと、心優しさと、屈託のなさとを形作ってきたこの国の精神を宿し今日をもたらした原点でもあったはずだ。維持管理されず自然に戻りつつある田畑や山林を、再度、取り戻すのはさして難しくはない。しかし、これ等を拓いてきた人々とその精神を取り戻すのは不可能だ。歴史を戻さなければならない。

この国の程よい大きさと地勢と気候と外との隔絶との偶然が、その精神を産み育んだ。地平にはこの人々とその精神を育む土壌はない。共に生きる風土が無い。太郎等の祖先が脈々と継承し地平に提供してきた精神の再生産の機能は、山にはほぼ途絶えた。失くそうとしている価値が、途方もなく高価なものであり、太郎の地平の価値は、注ぎ込まれ続けられてきたこれら精神に間違いなく依拠してきた。この国の精神が滅びようとしている。

父は、太郎以上に山や里山の行方を見通していたことだろう。それでも菜園や山林田地の手入れに飽き足らず、里のあちこちに黙々と木を植え花を植え大地を慈しみ大地と対話した。春は芽吹いた父の子等が里山のあちこちで乱舞した。父はひたすら自らの桃源郷を目指していたのだろうか。桃源郷はしかし、これを希求する里人で溢れてはじめてその意味を持つ。それとも地平を目指した太郎等への、その体に心に滋養を尽くしてくれた山の精に代わる父の無言の叱責のメッセージだったのだろうか。

教育なぞ授けるのではなかったと、嘘か実かよく母に愚痴った。子等が帰って来ない。この国の精神を継承すべき子等が帰ってこない。父の桃源郷は父と共に山の彼方に遠ざかっていく。

父は城山の空から眼を落とし眠りについていた。父と語らう山の時間は永遠に戻らない。

山の四季

太郎は春は菜の花よりも蓮華を愛した。蓮華畑は遊び疲れた子等の熱を冷ますには格好の自然のベッドだった。青々として小さな柔らかな葉はひんやりと優しく、地に伏せれば伏すだけ青臭い葉の臭いと花の香りが増した。ベッドに仰向けになって見るまだ寒空の抜ける青さは太郎達を果てない未来へ誘った。子等は一息吐いてひときわ太い蓮華の茎を探す。花の決闘に備える為だ。花弁の元を薄皮を残し折り茎に沿って中程まで剥ぎ、花弁を錘に相手のそれと絡めあい、互いがそっと引くといずれかの花弁が切れて落ちる。花の寝首を掻く。先に首を落とせば勝利だ。蓮華畑は水が入るまで無限にその首を差し出した。やがて化学肥料が蓮華に取って代わり、太郎等のベッドは田地から消え、大地はピンクの化粧の楽しみを失った。

夏には清冽な川が太郎等の友として戻ってきた。川面は光りを増し、瀬音は蝉の騒擾を制した。夏でも川の水は冷たく長くは浸かってはおれない、淵の深みの冷たさは格別だった。心底冷えて、侵食され丸みを帯びた淵に突き出した岩場や河原に甲羅干しした。さんざ水を掛けないと岩や河原の石は熱くて寝転べなかった。河原に寝転んでも不揃いな石の為に背中が痛み、春の蓮華のようなベッドは望むべくもなかった。薄羽蜉蝣がせせらぎに舞い始める夕刻は釣りの時間が訪れ、子等は好位置を競い瀬や淵に竿を垂れた。焦ることはない、母なる川にしてみれば子等は微小な生物でしかない、懐は広い。古来、川の決壊防止に堤防には縦横無尽に根を張る篠竹を利用した。世代を重ねた生命力の強い篠竹は十重二十重に群生し、子等が河原に降りる度に、そのしなやかさは鞭となって子等の手や顔を叩き弾き、徹底して進路の邪魔をした。竿はこの厄介な篠竹の中の素直に伸びたものを乾燥させ用いた。瀬の底の苔むした石を裏返すとカワゲラやトビゲラや奇麗な水でなければ棲めない虫達が蠢いた。砂利と粘質の膜で石の裏に固められた巣を指先で掻き毟ると、のそのそと這い出てくるトビゲラが釣りの餌になった。釣果を上げるには、小麦粉に手前味噌を練りこんだ掌大の団子を作り、小さく摘まみ取りながら餌にした。どの家でも味噌は自家製であった。ハヤやイザ（ウグイ）が釣れた。釣りに飽きたら先が三叉の手銛で瀬の流れに沿って鬱蒼と茂る水生植物の根元に這い潜り、鯰を追った。大雨の後は川は水量を増しゴーゴーと唸り声をあげ、河原は深く水没した。水が引くと河原は必ず姿形を変え、太郎は新しい風景画が掛け替えられたようで楽しみにした。暫くの間は河原の窪みに池が残り、子等は水が引いた池に置き去りにされた魚を手掴みで捕った。

流れの落ち着いた場所には、大人達が鮎漁の為に川の両岸に網を渡した。子等の背丈程に切り取った篠竹の棒の突端にテグスで繋がった掛け針を差し込み、下流を塞がれて網の側で旋回する鮎の横腹を目掛け、勢いよく棒を引いて針を鮎に掛けようとするが、針は虚しく水を切るだけで子等は大人達の技術に憧れた。太郎の山には友釣りの漁法はなく、人々はこの漁法をチョン掛けと呼んだ。

納屋の上の叔父は太郎を鰻捕りに連れて行ってくれた。孟宗竹で作った何本もの筌を叔父の通学用の自転車の広い荷台にゴムバンドで巻きつけて、夕刻、それを狙いを付けた場所に仕掛ける為に、筌がガタガタ揺れないように轍の出来た道のなるべく真ん中を選び、轍に落ち込まない様に速度を上げて、目星を付けている河原にペダルを漕いだ。鰻が遡上してきそうな川底に、筌が流されない様に大きな石を何層にも被せ、筌口は下流に向けて沈めた。翌朝、日が昇るまえの夏の生暖かい大気がもやる中、太郎は叔父を急き立て、同じ道を筌の回収に喜々として出かけた。筌は竹の節を何箇所かくり抜き筒を作り、筒の底は錐で水が抜けるよういくつもの穴を開けた。餌には一掴み程のミミズを泥のついたまま筒にいれ、これも一掴み程の夏草で動かぬように筌の底に押さえ込んだ。鰻の警戒を安んじる為か、叔父は竹で編んだ蓋と筌口の周りに夏草を挟み込み蓋を押し込んだ。引き上げた筌から水が抜けるのを待って両手で前後に振ると、ペタペタと筒の内側に何かが当たる音がして、叔父と太郎は鰻が取れたことを目で確認した。

太郎の豊かな川に里の子等は消えたが、地方でも稀になった清冽な水を求めて、今は太郎等の川に遠くの町から子等が押し寄せて遊ぶ。太郎の川にバーベキューや駐車場やゴムボートやパラソルは似合わない、ましてやゴミは言うまでもない。古来、太郎の山にゴミは存在せず、ゴミと言えるものは必ず腐り、堆肥にならなければ朽ちて自然に帰した。町から持ち込まれるそれは、太郎の風景画を汚すのみならず、異物としていつまでも地表に朽ちぬまま残った。篠竹の自然の堤防は取り去られ、味気なく厚く高く盛られた土手や無機質なコンクリートの護岸が川に並走し、太郎の川面のきらめきは弱まり、鯰は棲家を追われた。太郎の楽しみにした大雨の後の河原の風景画は人工物の割合が勝って鑑賞に耐えなくなった。せめて遠景に入る瀬を渡る沈み橋だけは残っていて欲しい。今も鰻は遡上しているのだろうか。

秋は曼珠沙華の真紅が鮮やかに山野の空気を変えた。夏の強い閃光は秋の柔らかな陽光に変わり、天地が逆転して真紅の大地が世界を照らす様だった。それでも太郎は曼珠沙華よりは路傍の秋桜を愛した。その儚げなさが気性に合った。淡く去って行った恋の現場に何故かこの花はいつも無関心を装って揺れていた。太郎の初めての接吻も秋桜に見守られ、花は何も見なかったように風に遊んでいた。秋とはそもそもが恋の季節なのではあるが、曼珠沙華は似合わない。秋桜は花屋を賑わすことはない、家庭に生けられることはない。可憐で清純なものは何者も手折ってはならない。花言葉は乙女のまごころ、ギリシャ語なるコスモスは宇宙を意味しギリシャの哲人達の星空への探究心の象徴でもあった。清純な知性を想わせてすべてがいい。清純という言葉は、太郎の時代には未だ心を浄化する響と効果があり、乙女等も矜持としてこれを守った。今は使われるのも憚られ、その機会もなく、乙女と共に辞書の中にだけ収まった。太郎の夢見た地平には曼珠沙華の如くの乙女等が闊歩している。子等の心に秋桜を取り戻してやらねばならない。初秋に誰しもが立ち止まり路傍に目をやれば秋桜はいつもそこで咲いている。きっと乙女等も戻ってくるはずだ。太郎は秋桜をみる度にそう思う。

秋には恵みが里山に満ちた。子等には腹が空けば山野にはなにがしかの糧はあった。大人達には豊作が待っていた。秋は人々の心を一つにした。鎮守の社では里神楽や奉納相撲に人々が集った。子等は相撲を奉納し擦り傷を増やしたが力を抜く者はいなかった。家々から持ち寄られた重箱に詰められたささやかな馳走や、一升瓶で配られる果汁がいつも楽しみだった。中秋節になると子等はトイモ盗みの催事を心待ちにした。家々ではその年の収穫に感謝し、ふかした芋や栗やを竹で編んだ籠に盛り、それを縁側に置き天に捧げ豊作に感謝した。夜分、子等のみがこれら供物を盗むことが許された。子等は山賊の如くの興奮で家々を襲っていった。やがて山賊等は里から消え催事も自然と廃れた。鎮守の杜に里の人々が集うこともなくなった。神楽を舞う若者がいない。太郎も知らない多くの山の催事が廃れていったのだろう。

冬は大地の友の全ては深い眠りにつき、野焼きの煙があちらこちらに立ち昇り人々は春への準備をした。田地も暫し休まねばならない。時に裏作に麦を撒いた。寒い朝に白い息を吐きながら太郎もザッザッと霜柱に浮いた麦の若芽を踏んだ。野鳥がゆるんだ泥田にドジョウを啄ばんだ。

それでも子等は陽が陰るまで外に居た。野焼きを待つ間、田圃には藁の山がうず高く積まれ、子等はそこに必死に戯れ、その藁の山には野鼠も巣を作り世代を繋いだ。冬に限って田圃では野球の真似事も出来た。稲の切り株に足を取られながら、自然、ボールは飛球を打つを良しとした。田圃の空には銘々の自作の凧がトンビの領域までいつまでも高く高く舞った。

冬は田圃に次いで役目のない庭先は子等の大エンターテインメント場と化した。メンコを打ち、コマをまわし、缶を蹴り、ビー玉を弾き、釘打ちに興じ、欠けた瓦で石蹴りをした。偶に2B弾が爆裂し山の生き物達を騒がせた。家々の煙突から夕餉の煙が立ち登る頃、子等は名残惜しく明日を約して家路に就いた。子等が土に塗れた体を庭先に湯浴みする頃には、あの祖母の天井に降り注いだ無量の星々が満天に煌めき、峰々の輪郭を黒々と日中よりも浮き立たせた。星々の光は子等の上がり湯となって天の川からシャワーの如く降り注いだ。数々の子等の遊びは冬に隆盛したが、やがて子等と共に消えていった。満天の星空を仰ぎ見た、天と光をやり取りした、澄んだ子等の瞳達は、地平で曇ることなく煌めいたことだろうか。

晩年

父の唯一の息抜きは、聖職者には似合わないが終生パチンコだけだった。喫煙もその類だったかもしれない。しんせいを好んだ。パチンコ屋は城下にあり暇が出来ると立ち寄った。玉を弾きながらのしんせいは格別うまかっただろう。映画館やデパートはとうの昔に消えていたが、パチンコ屋だけは病院と共に生き残った。

引退してからは母を連れて日本各地の名所旧跡を繁く巡り歩いた。晴耕雨読そのままの日々を過ごした。

鎮守の杜や里の沿道に桜や躑躅を手植えし、来る年も来る年も手間暇かけて育てた。やがて春先から初夏にかけて、それまでは緑一色だった里山に鮮やかな淡紅の光が降り注ぎ、里人の足をしばし止めさせた。特別に選んだ桜木には、先に山の彼方に旅立って行った愛する娘の名を付けた。毎年毎年、花咲く娘に再会し対話した。母と共に対話した。

物質的には恵まれない土地に住んだが、豊かな人生だったと言っていい。田圃の畦に足を踏み外し正気を永遠に失う僅か一週間ほど前に母に何気にこぼした。「本当にいい人生じゃったのう、母さん」。その様な暗示的な話があるものか、それが太郎にとっての父の最後の正気の言葉と思うと太郎は嗚咽した。その一言は母を筆頭に後に残された一族の者全てのこれまでの父との人生を幸福にした。

まともに向き合って来なかった父が、苦しげに寝息を立てて寝入っている。幾多の世間の娯楽の中でパチンコだけに興じた父がいとしい。太郎には末の叔父の様に父の頭をさするしか為すすべがない。外祖父を凌ぐ家長が往生の日を待っている。太郎には家長は務まりそうにない。

城下の衰退

今や日に二便しかない太郎の山と城下を往復する公共バスは幾つのバス停に人を拾えるのであろう。その多くを停車することなく終点を目指して走り続けるしかない。

城下の大手門前にあるバスターミナルは太郎が高校に通った当時と寸分も作りを変えてはいないが、人影は疎らで、混み合った多くの改札口も、鉄パイプで出来た柵の手摺は白いペンキが剥がれ朽ち錆びて、庇を支えるパイプ鉄柱の表面はペンキが小さな鱗状にささくれ立って、触れば簡単に剥げ落ちそうだ。波板状の建材でできた庇も割れて所々が欠落ち、その溝には幾年月分の土埃が薄黒く固まり張り付いている。改札口の片隅の幾筋も割れ目の入ったコンクリートの床面は日照量も不足して、最早、人がバス待ちをすることも無いのだろう、踏まれることもなく厚く苔むしている。取って付けたような待合用のソファーは何処かの家庭の居間にあった中古品であることは明らかで、何箇所か破れてクッションの中身が覗いている。かつての切符売場や相談窓口はシャッターが降りたままで売店は消え、壁の時計だけが時とともに唯一生き延びてきたような空間だ。

どこ行きのバス路線も便数が日に二桁を超すものは少なく、新たに加わった病院行きと県都に向かうバスの便数の多さがやたら目立つ。改札口の向こう側のタクシー乗り場に車の影は無く、運転手は車庫で顧客の電話を日長ひたすら待っている。電話の主の殆どは病院に通う老人達で、運転手にとっては車庫待ちが最も効率がよい。それでも現役の年老いた運転手達が役を終えると後を引き継ぐ者が尽き、客達は病院行きの足を失う。老人達は元気である限り男女を問わず現役のドライバーであり続けなければならない、足を失うと生きることが面倒になる。バスやタクシーが顧客を失っていった背景の一つには、過疎に加えモータリゼーションの普及によるところが大きい。陸の血流もまた止まりつつある。昔日、何故に太郎の山のバスは人で満ち、あの山の勤め人達は何処に向かっていたのだろう。

大手門の前の辺りから太郎の通った城山の麓の高校の辺りまで、バス停二つ程の長さの大通りに沿って伸びた天蓋付きの商店街は、幟や色とりどりの飾りで通行人を店に誘い、山の人々に限らず、城下の人々をも魅了し賑わった。人々はバスターミナルの前にあったデパートか、この商店街で些細な買物を楽しみ些細な幸せを分け合った。過疎と大店法は人々から些細な幸せの置き所を奪っていった。武家以来の城下の中心は衰え、山を越えてきた商業資本が郊外に中心を作り、城下の魂は変質しあるいは消失していった。誠実な山や海の勤め人を置き去りにして、太郎等の山林資源を当てにした城下に唯一の大手企業は、湾に永らく公害の爪跡を残したまま、安い外材を求めて海の向こうに去っていった。山も浦も街も血流が細り息絶え絶えに為すすべが無い。

今は大手門だけが毅然として城山と人々の精神を守っているようだ。

薫風の初夏を除けば四季を通じて鮮やかな緑とは程遠い茶褐色の広葉樹に覆われた山を背に、僅かな高台にある人々を地平へ繋いだ鉄道駅は、バスターミナルに次ぐ城下の中心だった。太郎は帰省のたびに、駅から見上げる山猿の毛色のような生気に乏しい南国の山の配色と、賑わいもなく時間の止まった周囲の光景が、城下の今の精神の投影の様に思えた。

通学に通勤に旅立ちに帰省に、電車の発着を告げる構内放送に急かされるように人が動き、改札員のカシャカシャと次の切符を待つまでのリズミカルな鋏の空音が忙しげに鳴り、慌ただしくホームに駆け込む女子学生達のお喋りの口調は急いて、靴音がそれを掻き消していく。かつての駅は人々の思いが溢れてやまない、希望を約束してくれる場所だった。沿線の多くの駅舎は既に役割を終え、たまの特急列車の通過待ちの役割を果たすのみで、独り城下の駅舎だけが、毅然として現在の大手門になろうとしている。

父は、人々が誰にも邪魔されず独自の精神を育むことのできた豊かな時代の賑やかな城下に多くの時間を生きた。今は正気を失ってしまったが、傷付いた脳であっても、未だ夢を見ることが叶うとしたら、せめてその往時を辿っていて欲しい。

たまの事

太郎の側にはいつも付かず離れず、孤高の猫、たまがいた。全身、白と黒の斑模様で、顔だけは、丹下左膳ならず眼帯の如く右上から黒と白とに斜めに分かたれていた。それでいて中々の美形で高貴ですらあった。尾は黒一色で心持ち挙げて颯爽と歩く姿に花があった。毛繕いを怠らず毛並みは常に艶やかで僅かな光にも反応した。太郎と同じ年に生まれ、祖母の実家からもらわれて来た雌猫である。いわば太郎の同窓であり、長く共にあった。しかしながら不遜とは言わぬまでもその態度は世のペットにはあるまじきものであった。もっともペットという概念は未だ山には存在しなかったし、あったとしても多分山の人々に今風の世話をする余裕と知識とてなかったであろう。家の中に居ても、太郎のみならず家族の者とは常に一線を画し、太郎の家族の団欒を遠巻きに、どこか遠くを見ているか、何かに耳をそばだてているか、あるいはこちらに背を向け毛を繕っているかだった。人に抱かれるのを極度に嫌がった。太郎は彼女が家人の膝に乗っている穏やかな光景をついぞ目にした事が無い。まるで人というものに関心が無い風の孤高の猫だった。一宿一飯の恩義は感じるが、出来れば関わらんでくだせえ、といった塩梅であった。太郎の家族がたまを愛さなかったという訳でもなかったが、その様な性格の猫だった。昼間は何処かに出かけて行って夕刻になると戻って来た。たまと呼んでも一瞥をくれるだけで決して自らが寄って来ることは稀有であった。自分がたまという名前であることは理解し、それは許容した。太郎はどこか哲学をしている猫だと思った。信の置ける存在だった。一方で、子等の世界にあって唯一、太郎の心を見透かしている奴だと太郎は少々警戒もした。やましい事があると太郎は決まって彼女から目を逸らした。

猫は始終発情する。たまも多分に漏れず、相手は何処の誰だか定かではなかったが、年に何度か妊娠し座敷の奥の納戸や箪笥の裏側やに家人に分からぬ様に四、五匹の子を産んだ。家人は子猫の鳴き声に容易に所在を突き止め処分を行なった。今の世であれば動物虐待でお縄頂戴であろう。偶に太郎が執行人役を担わされた。子猫を紙箱に詰め、たまの哀切の鳴き声を背に橋の欄干まで歩いた。そこから手を放つと箱は川面に浮かびつ沈みつ遠ざかっていった。気分の良いものではなかった。それでも彼女はいつもの生活に戻り、いつもの超然の構えであった。

太郎は決して人に尻尾を振らぬたまを愛した。袖にされようと愛した。孤高の姿を愛した。今でも最も記憶に残り最も愛した生き物である。太郎が人の世界でもそういう気性を好むのは、少なからず十有余年を共に過ごした、たまの影響があったやも知れない。父もたまほどではなかったが、そういうところがあった。太郎は父からは殆ど目を逸らした。人は自然や動物に学ぶ事は多い。

女性観

太郎の女性という対象への深遠なる憧れと崇拝は何に依るのか太郎にも判然としない。世の中に太郎の他は女性だけが存在すればそれでいい、それ以外の価値は無用である、その全ては美しく知的で慈愛に満ち母性的であらねばならない、太郎はその誰をも同時に等しく愛することが出来る、あらゆる形の女性美と女性の本質存在への賛美と叶わぬ独占欲が根底にあった。女性は恥じらいがちに物を言うのが、俯きがちに微笑むのが、密やかに涙を流すのが、何としてもよい。物思う姿、憂える姿、必死に耐える姿、それぞれによい。時に凛として立つがたまらなくよい、触れ難くあるがこの上なくよい。

ＴＶでは白人の若い女性フォークデュオが、花びらの白い色はなんとやらと、学生フォークの先鞭をつけたグループの一人が作った曲を、ギターを弾きながら日本語でたどたどしくも澄んだ声で歌っていた。太郎には、異国の若い女性が日本語の歌詞をひたすら忠実に発音しようとすることで、日本語が非日常性を帯び、白い花の清透さがより伝わってくるような気がした。彼女らの高音の清らかな声と処女性が太郎の琴線を打ち太郎のヒロインになった。彼女等を育んだ異国の地に想いを馳せ、それは父のレコードの異国の民族音楽に悠久の人の営みを想像する喜びや憧れから、現実にそこに存在する、その子孫達の営みへの憧れに変わっていった。

太郎の山の学校に学生インターンが英会話を子等に教えるために暫く通ってきたが、子等には生まれて初めて見る見紛うことのない白人女性だった。太郎と同じ山の空気を目の前で吸っていることが不思議に思えた。少々腰の辺りが太り気味だったが、山では目にすることさえないそのスーツ姿が一際眩しかった。肌は白く横顔は端正で瞳は碧翠色で長い睫毛や髪がキラキラと金色に輝き腰の位置がやたらと高く長い脚で歩く姿は芸術的でさえあった。この様な姿形の華麗な生き物を誰が創造したのだろう、太郎の周りの生き物からは隔絶してその造形は見事だった。時折彼女の唇から一つ一つ確認するように発せられる日本語が、なんと美しい言葉だろうと思った。

かつて父の末弟が住んだ納屋の二階は太郎の部屋として当てがわれた。歩けばミシミシと音を立てて床板が古びた畳を通して揺れた。その上に敷かれた薄汚れたシーツに覆われた万年床に、裸電球を消すと月明かりが静寂と共に差し込んで来た。たまに天井裏を青大将がザーッと這った。目を閉じると太郎の脳の中の大宇宙に甘美な世界が幕を開けた。毎夜、寝入る前に、そこに甘酸っぱい想像の世界を創りあげることが太郎には何よりも楽しく一日を終える為の欠かせない儀式となった。清楚で眩いばかりに美しい無垢な乙女（この場合、白人である必要があったが）の艱難に、太郎は身を賭してこれを守り傷を受けそして息絶えていくヒーローを演じ、その息も絶え絶えのヒーローにすがりつき嘆き悲しむ乙女の姿に、狂おしい精神の高揚とその純化とヒロイズムを味わった。たわいも無い太郎の夢想の世界は現実以上に現実の世界として毎夜新たなストーリーを展開し、女性の神秘性、純潔性、崇高性、への太郎の強い憧れが高じていった。

そのたわいもない精神を見透かしてか、父が必ず庭先から外便所のついでに「勉強しちょるか！」と喝を入れてきた。太郎は月明かりに二階の部屋の障子戸の窓を放ち、そこからよく放尿し憂さを晴らした。兎に角、妄想癖が高じ、この時期、太郎には真面目に勉強した記憶がない。

太郎は山の学校の二つ年上の女性に恋慕した。凛として背が高く、太郎の夢想の中の数々のヒロインに引けを取らない、七分にわけた前髪が覆う額は理知的で、肩までの整えられた黒髪が大人びた顔立ちによく似合い、二重瞼の下の瞳が涼やかでそれでいて眼差しが深く、口元はキリリとしつつも寛容的で、太郎にはこれ以上ない理想的な美しい人だった。かつてそのようにセーラー服が似合う女性も知らない。セーラー服はわずかに肌を覗かせて袖や胸元に白線の入った黒地の冬服がよい。処女性と純潔性と性的芽生えの究極の象徴である。遠くから眺めているだけでも胸が詰まり、太郎は二年の学年差が途方もなく大きく、この人は永遠に憧れの人でしかないのだと思った。早く大人になりたいと願った。彼女は一年を待たず卒業していったが、太郎の中に長くヒロインのままでいた。

太郎の想像は遥かに現実を置き去りにし、理想の女性像を求めて夢想に現実にと、頭の中には他の何物も長くはとどまることが出来なかった。太郎の思春期は深刻なほどに女性を偶像化していった。女性とは何と素晴らしい存在であることか、それとともに存在出来ることをその創造者に感謝した。一方で父の庭先からの喝は勢いを増し、太郎の放尿も負けじと勢い付いた。

ＴＶから、それはそれは官能的な衝撃的でさえある歌声が流れてきた。太郎の夢想の中にしか規定出来ようのない現実には存在しない筈の声だった。この様な甘く切なく体の全てが感覚器官となって息継ぎの些細な音をも逃さぬように受け止め、その声に包まれながら白くたおやかな乳房の中に一切を投げ出して赤心に帰していくような、その声は女性の象徴そのものから湧き出して来るようで官能が背筋を貫く天与の声だった。冒頭からスキャットで発するその甘美な声が脳髄の奥深くまで刺し貫いて太郎は陶然となった。それが城下に通学自転車を漕ぎ、初めて求めた大人のＳＰレコードだった。太郎は未だ踏み入れてはならない大人の世界に触れたような恥ずかしさが立ち昇ってきて、山の誰にも見られてはならない禁制品を手にしているのだと信じ、学生シャツの内懐にそれを隠し持ったまま太郎の山までペダルをひたすら漕ぎ続けた。やがて、太郎から、体の成長と共に夢想の世界は遠ざかっていき、生々しい大人の性への関心が急速に膨らみ、新たな妄想の世界がやって来た。その後、父は太郎には匙を投げ幼い弟に思いを賭け、弟はこれによく応えた。太郎の放尿は一段落した。

山の食性

太郎の山の人々の食性は山と海とに依拠し、田地、山地からは四季折々様々な食材が提供され、満足ではなかったが足りた。

食肉の習慣は乏しかったが、里では家畜、家禽を飼った。偶にこれらを食した。専業ではなく精々家に一つがい程で数はしれたものだった。特に豚は多産で育て易く、なにがしかの現金にはなった。太郎も庭先の大竈でごった煮した残飯を畑の隅の豚舎に運んだ。隙間だらけの豚舎は父の手作りで、豚にとって夜間はさぞかし不安であったろう。牛馬を飼う家は耕運機の普及で徐々に減っていったが、それでも牛馬は融通の利く農作業の良きパートナーだった。これらは流石に食さなかった。太郎の納屋の牛舎に牛は既になく農機具置場になっていた。牛の出入り用の片開きの木柵の扉は残っていて、太郎等はこれに跨り前後に揺らして遊動円木ならず遊んだ。日中に庭に放った鶏は地虫や野草を啄ばみ、夕刻にはイタチに襲われぬよう縁の下に誂えた鶏舎に追い込んだ。太郎は鶏達が庭のあちこちに産み落とした卵を探すのを日課にした。

後には母の長兄の事業がうまく立ち上がり、医療実験用に多くの小兎を庭先に建てた小振りの納屋で育てた。納屋も納屋の中の兎小屋も父の手作りだった。母兎は雄親もたじろぐ程にたいそう大きく、授乳を必要とする子兎がいると獰猛で、その大きな前歯は太郎の指の一本は簡単に噛み切りそうで、愛玩動物の片鱗さえなかった。兎は食肉の対象にはならなかった。太郎は大粒の黒豆に似た糞や小便にまみれた兎小屋の敷き藁の交換を頻繁にした。育ち盛りの子兎たちの食欲は小屋の金網を突き破らんばかりに旺盛で、脱兎の如くとはよくいったもので、後ろ足の脚力には尋常ならざるものがあった。もっとも餌は田地の周りの野草を与えておけば十分足りた。

それ以外に動物性のタンパク質の摂取には、二山、三山先の鉄道駅に大量の荷物を背負って降りたであろう、そこからリヤカーを引いて山に物産を届ける行商のおばさんに頼った。人々は専ら魚の干物や鯨肉を買い求めたが、太郎はいつも鯨肉の硬さには辟易した。鯨肉は給食でも主役を張った。太郎も5円玉、10円玉を握って駄菓子を求めたが所詮駄菓子は添え物で種類は知れたものだった。夏にはアイスキャンディ売りが幟を立てた自転車を漕いでやって来た。未だ家に冷蔵庫がない時代だった。たまにポン菓子機もやって来て、太郎等は大音響に怯えながらも、横長の金網籠の中に持ち寄った米がポン菓子となり勢いよく飛び出して来るのを今か今かと待った。その程度を城下に頼れば大人も子等もあとは足りた。

太郎の山にはバッタやイナゴや蜂の子もいたにはちがいないが昆虫食の習慣はなかった。地平では今ではジビエと囃される禽獣は太郎の野や山にはあふれていたが、そもそも食肉の習慣に乏しく食卓に上ることは猪や鹿を除けば稀だった。これらは里の農作物を荒らすことによって食膳に供された訳で、山でおとなしくしておれば命を奪われることもなかった。今はやたら鹿が増殖し禁漁期でも山の人々は堂々とよく撃つ。鹿の赤肉の刺身が珍重され太郎も帰省の折には母方の叔父から分け前にあずかる。上品な味である。牛肉を食すことは滅多になかったが、鶏肉は偶に家の鶏舎に求めれば済んだ。首を削ぎ足を持ち体を逆さにして血抜きをし、全身を火で炙れば羽は容易く抜けた。

川魚が食膳に上ることは旬の時期の鮎を除けば稀だった。後に太郎は地平では、鰻やどじょうが高級料理の一角にあるのを知って驚いた。太郎の里の田圃や用水路の泥に潜むどじょうが食されていることに何とも悪食なことよと思ったが、叔父と川に獲っていた鰻が地平ではあれほど美味く巧みに料理されているとはついぞ知らなかったし、しかも天然物が珍重されていることに更に驚いた。太郎の山では美味しく料理し食する以前に摂取が優先されてきた。城下の海の物産は豊かで寿司だねは尽きず、日常食でさえあったが、地平の寿司の繊細さと美味さは太郎には驚愕でさえあった。城下では寿司は量を良しとした。シャリとて地平とは食感を異にし、しっかりと握ってあった。太郎は一匹ものの酢のきいた祖母や母が作る自家製の鯵の押し寿司が特に好物だった。

畑には自家薬籠の下肥を担いで畝に沿って注ぎ野菜を育てた。古来からの循環型社会が続いていた。洋物の野菜は出回っておらず、大抵は自給したが、苦味が強く決して美味くはなかったし、葉物野菜を食すときには、青虫が紛れてはいないか箸で葉裏を確認して食べた。寄生虫は大抵の子等には宿った。肛門からミミズのような寄生虫が覗きのたうち回っているのをズボンを下げて見せ合う輩もいた。衛生状態はそんなものだった。

蕎麦はほぼ十割蕎麦で麺は太く、箸で掴むとぼろぼろと折れた。汁毎掻き込むしかなかった。地平のような優雅な食し方もなく、ましてや蕎麦湯を愛でる風流は言わんをや、だった。春の筍は太郎の好物であったが、新芽が地中に埋まっている時分から掘り出す習慣はなく、地表に幾分育ったものを食した。カリコリとした食感が美味だった。山菜は精々ぜんまい、ワラビを食したが補助食にもならなかった。正月には木臼で餅をついた。つきたてのあんこ餅は子等には最高のおやつで、餅にまぶされた小麦粉で指先や口の周りを白く染めながら頬張った。餡の入っていない餅は砂糖醤油に浸して食した。餅はやがて水分が抜け硬くなり、時間の経過とともに青黴が発生した。黴は包丁で削ぎ落とし、硬い餅は七輪で焼いて、吹き出す湯気に火傷しながら一心に食べた。

山では食材には程々に恵まれたが美食を育てる事はなかった。太郎は未だに父や母の好物を知らない。山の物産は祖母の時代と変わることはなかったに相違ない。満足ではなかったが世代を超えて足りた。人々は日々の営みに必要な分だけを自然から得た。

太郎の山では今でも足るを知る人々が生きている。その精神は守らなければならない。それは、この国の自然と特異な地勢とそこで暮らす人々の相互の関わりを通じて、長い歴史を刻んで人々の精神に自然に深く根付いた、生きることへの謙虚さであり、生かされていることへの感謝であった。その精神を地平に送り届けてきた子等が山に尽きつつある。死が生き生きとして蔓延し、守るべき精神が消えつつある。憂える事態がこの国の里や浦で粛々として進行している。

脱出

将来の惣領に対する圧迫と聖職者の長子としての責任と山の濃密な営みとその逼塞感に抗う中で、地平やそのまた海の向こうから届いて来る見果てぬ夢の微かなシグナルへ、太郎の精神は無分別に感応を重ねた。

老婆の歩みで太郎を乗せた列車が櫛の歯を走る。父が時間を費やして手植えした桜が、躑躅が、太郎の里から川を渡って本道へ出る為の鎮守の杜の下の沿道や山裾に芽吹いていた。将来、父の鮮血が流れ込むであろう血流は、車もすれ違えない橋の下に、哲人の趣で黙然と流れ続けていた。城下の人々を地平に繋いだ鉄道駅から、太郎は喜々として地平を目指した。

青春の地平

両腕に抱かれるように北に開かれた湾に面し、古来、外交と貿易の歴史に彩られた地方都市の官立大学に太郎は通った。その南方には、南北に広がる平地の中程が東西からせり出してくる山端で狭められていて、湾から南下してくるであろう一切の交通や侵入を遮断すべく、その山端の間を塞ぐように大城壁跡が今も所々に残っている。日本には稀なる大規模公共工事であったに相違ない。そこから更に退いた場所に大陸からの脅威に対する前線基地を兼ねて行政府が置かれていた。

太郎は初めて耳にするその人々の個性的で直接的で男性的な言語にたじろいだ。太郎の山の言葉は、優しく人に寄り添うような情感のあるもので、人間関係に波紋を生じさせることは極力抑制するような語感を伴っていたが、この土地の言葉は骨太で繊細さを欠き、人の内面の柔らかいところに平気で踏み込んでくるような無礼なものだった。それは太郎の山の言葉とは対極にあったが、太郎の山の言葉との言語的成立の相違は、権力との距離の為せるものだったに違いない。その語感は政治性に富み、それを平然として女も子供も話す。一体全体、何をもってかような荒っぽく、一見対話というものを許容しないと思わせてしまう言語が生じたのであろうか。

遠い昔から大和の国にあって唯一海防が必要な地理的条件下にあり、防人達が日常の暮らしから永らく断ち切られ、その精神の緊張と鬱屈と遺恨とが地に擦り込まれ、政治的犠牲になった怨念の残響なのであろうか。或いは、当時としては圧倒的な近代兵器と物量が投入された大元国の侵攻への極限の恐怖に対する土地の精神のその均衡を維持せんが為の空威張りの名残なのであろうか。古代から中世にかけて、常に緊張した外交と防衛の政治環境にあった土地柄であり、それが人々に何がしかの精神的影響を与えたことは間違いないであろう。そこに住む人々もそれ故に自立的で矜持に満ちていた。当時にあっては現在の極東アジアの領土的緊張の比ではなかったはずである。パワーバランスに圧倒的な格差が存在し、未だ確固とした国柄が整っていなかった時代のことである。人間の自己表現は究極は言葉に表象する。

この地域は、太古においては中華の周辺部として国境という概念もなく、大陸沿岸部とは同じ生活環境と習慣とを共有していたはずなのである。緊張よりは共存が優先されていたはずである。国を作るということは、特に国境となってしまった地域の人々にとっては、目の前の日常の空間が非日常になることであり、成り立ちと営みとを不条理に歪められ、文化的性質を新たに形成せしめることになる。それは間違いなくそこに暮らす民族とその文化の破壊でもある。この街はそういう歴史的背景を持つ。残念ながら、この地は文明に最も近接した地理的優位性を活かすことはできなかった。権力は遥か東方の蛮地に起こり、以来、服従の時を刻み続けて来た。大失態であったといえる。

太郎はこの地に紛れ込むことで、山のくびきから解放された気分になった。世間にとっては太郎の存在なぞは取るに足らない、無視されても当然の瑣末なものであった。周りの人々を意識する必要のない、人々が太郎を認識してこない世界は快感でさえあった。加減が程よいとはこういう街のことであろう。後年、太郎が旅した国々にあって、プラハ、チューリッヒ、ウイーン、エジンバラ、といった街が、そういう雰囲気を持っていたような気がする。人の情感が街の表面に漂っていて、それが邪魔立てしない節度が保たれた心地良い街であった。太郎は、ここに安住してもいいとさえ思った。あの幼い記憶に残していた海辺の日々のような豊かな生活を思った。

一方で、何を設計するでも無く、たがは緩み、学問も疎かに、日の出日の入りの運行に任せるままの自堕落な日々が過ぎていった。将来は何とでも切り開けるといった根拠のない自信というものが、更にそれを助長した。父に背負わされたものは、ここまでのもので、もう下ろしても良いのだと思った。その瞬間から、太郎の緊縛されていた精神の一切がほどけて地に散乱してしまった。

デカダン的な日々と虚しい時間が過ぎていった。太郎を育んだ山の精神が舌打ちしている。一族の冷ややかな視線が迫ってくる。山の模範生は何処に去って行ったのか。その器には何ほどの中味さえ蓄えられて行くことは無かった。

下火ではあったが未だ全学連と全共闘が構内のあちこちでデモを打ち、アジを叫び、たまに講堂に侵入し気勢を上げ、時に双方でぶつかっていた。時代遅れで劇場的で、空々しくもあり、そういう運動にも精神は反応しなかった。知遇を得た全共闘の委員長は当時は典型的な労働者の搾取者であったはずの花形産業である一流の鉄鋼会社にあっさりと就職していった。それは偏向というより、運動そのものが若者にとっては麻疹程度の感染症であったからだ。企業側にしてみれば免疫が出来たという意味でも、割り切りの出来るドライでリーダーシップのある人材は歓迎であったろう。社会は遥かに現実的で進歩していた。ただリーダーを信じて着いて行く真面目でひたすらな下っ端は、どのような世界でも損を見る。

父の現役時代には日教組が絶大な影響力を持っていたようだ、としか言いようが無い。太郎は後年日教組が悪の権化のように体制に批判される理由が分からなかった。父を通じて太郎にも幾ばくかの影響を及ぼしていたのだろう。父が読む左傾化気味の新聞にもその精神を刷り込まれたかもしれない。太郎が体制と総称されるものの欺瞞や偽善に不信を募らせていった遠因だったかもしれない。それはまた、我が身が置かれた自堕落な現状を弁明せんが為の、心性のすり替えだったかもしれない。

太郎は父の干渉がピタリと止まった事に気付いた。あの圧力が全くと言って良いほど襲ってこなくなった。未成年にも拘わらず、酒を飲もうと煙草を吸おうと何一つ小言を言うでもなかった。この態度の違いは何なのだ。家長の権威や権力は何処に散じてしまったのか。

太郎は賄い付きの下宿の三畳間でぬるい瓶コーラの炭酸に喉を痛めながら夜長考えた。学生寮の友人の部屋で許容し難い五月蝿いロックが鳴り続ける中、日長考えた。部室の裏で音感の無さを今更ながら悔いつつ拙いバリトンサックスの練習をしながら考えた。仲間の下宿で徹マン明けの雑魚寝の中に、迎える一日の無為を憂いつつ考えた。手打ち式のパチンコ台に半日チェリーを吹かしながら、遠のいた学舎への思いを募らせながら考えた。割りのいい運送屋や引越し屋の荷物運びに汗を拭いながらも学問に汗する同輩らの姿を羨みつつ考えた。夏のぎゅうぎゅう詰めの夜行列車の通路にバックパックを寝枕に、やがて始まる新たな学期への展望もなく考えた。学生の本分を意識しつつも、そこに戻ろうとしない姿勢は、指弾されるべきものであった。無為の日々を擁護する何程の理由もありはしなかった。卒業まで何一つ変えようとする意思もなく、太郎に学業を果たし終えた実感は当然のことながら皆無であった。

父の干渉は唯一就職に有利な学部の選択までで、安全運転で生きていける道までは口を出した、と言うことであったのだろう。

太郎は自らの器のサイズを再確認し、父が注ぎ込んできたものによってではなく、自らの意志と選択で中味を充実させていくしか出口を見出せ無いだろうとは流石に自覚した。世界に目をやれば、遂にサイゴンが陥落し、新たな世界観の登場へ若者達の高揚感が高まっていた。

覚悟も中途半端な中、太郎は本来目指すべき真の地平へと踏み出していった。

地平は太郎をしばし圧倒した。そこには喧騒と躍動と野放図と物量と治まりのつかないエネルギーと、天体の秩序と運行に抗う別の宇宙があった。都市は地方の尽きつつある資源を日夜息継がずがぶ飲みしていた。人間の持つ偉大な適応力であろう、僅かな期間でそれは太郎の日常になり驚きや感動は沈静化し、知らず感覚はやがて都市様に矯正されていった。太郎を育んだ山の精神はだんだんと太郎から遠ざかって行った。太郎が遠ざけていったというのが真実であろう。それは太郎の精神を支配してきた父や一族やこれらの基層にある山の風土からの更なる脱出であり、地平での太郎の存在証明の正当な行為であった。ようやく憧れた地平の一員になった安堵感と、これと対置する停滞して何も変わらない山の暮らしへの優越感であった。父からの逃避と山の精神の黙殺であった。

その為にも更に遠くへ行くことだ。山の精神の及ばないところに行くことだ。太郎は海を越えて異国との関わりを強く求めた。そこは幼い日にあれほど太郎が憧れて止まなかった世界であり、その世界を確かめない限り山に戻ることはないと思った。太郎の原点は父が書斎に揃えていた地平への出口であり、それ以外の何物も太郎が自ら手に入れたものは皆無であったからだ。太郎は父の知らない、そして父が瞠目せざるを得ない世界を手にする以外に父と対峙出来ないと頑なに思い込んでいった。

延命治療

点滴による治療は、九十歳にもなろうという身にしては年齢らしからぬ全身に纏った自慢の筋肉を父から奪った。晩年まで常に肉を好み偏食を極めたことによるものなのか、あるいは生来のものなのか、その膂力は並みの人間では太刀打ちできなかった。とにかく体の強い人だった。右腕の握力は病床にあっても生半可なものではなく、一族の中でも大柄な太郎にさえ扱いが厄介だった。その膂力で、体に纏わり付いた「操り紐」を引き千切ることが再々で、遂にはその両手はベッドの枠に拘束されて、まるで拷問のような光景でさえあった。治療はともすれば非人間的で呵責でさえある。

奇跡的に大事故からは脳を除けば回復したものの預けられた介護施設で誤嚥性肺炎を誘発し、またもや生死を彷徨ったが、その後、回復したものの最早咀嚼する力はなく、病床での点滴生活が待っていた。点滴に頼る三ヶ月ばかりの間に、山や田畑で鍛えられたその筋肉は体から削げ落ち、見る影もなく痩せ細っていった。

顔は萎み、皮膚はただ頭骨に張り付いているだけで骨相が露わになっている。眼窩は窪み、中から覗くその瞳は既に対象物を捕らえる気力が窺えず、たまに何かを探そうとして僅かに揺らぐだけだ。その奥底の脳は何を思い、くすんだ瞳から入ってくる微かな映像にどの様な判断を下しているのだろう。病床の上から覗き込むその妻や弟や縁者の顔や声を正しく処理しているのだろうか。

そのような事に気を揉むには父の機能は既に崩壊している事は誰しもが分かっては

いるが、父の正気の時代の、理性に満ち、穏やかな、それでいて頑なまでの意志に満ちた顔を思い出し、誰もが一瞬父の正気を見る。僅かながらも残った健全な脳は自らの機能回復に必死であろう。何かを思いめぐらせているはずであろう。九十年近くを模範的に生き、人々も尊敬を惜しまなかった人である。つい最近まで矍鑠とした人間であったのである。正気を信じたいのは皆の思いである。

自らの意思で食物を咀嚼し栄養を摂取することに比べ点滴は及ぶべくもない。二十四時間、途切れることなく、ポタッ、ポタッ、と股間の辺りの大静脈に突き刺された太い針から命の水が父の体に染み込んでいく。その部分は金属と生体が癒着し一体となっていて、更に拷問を加えているようだ。貧しくとも正常な飲食に比べ、点滴ではやがては命を差し出すことになる、延命治療に過ぎない。それでも父の断ち切られた精神はともかくも、体だけは生きたがっているように病床で蠢く。

師長が出過ぎたことではあるがと、善意をもって告げてくる。胃瘻を行なってあげたい。胃壁を通して栄養を直接胃に注入するのが胃瘻である。ホスピスのような病棟に置くべき体ではない。未だ一般病棟に置くべき患者さんだ。自らの長い勤務で接した多くの患者の実態と、自らの親の介護体験から太郎に告げる。胃を本来の状態に使ってあげるのが、体全体の機能バランスにも良い。胃瘻とて延命治療には違いない、余命期間の違いに過ぎない。

病院の待合室の窓から差し込む陽射しは、窓際の鉢植の観葉植物からも生気を奪っている。南国とはいえ冬の陽射しは弱い。大地から切り離され、誰かが世話を焼かなければ命は尽きる。所詮、鉢植えの身なのだ。医療の進歩は要らぬ判断を強いる。それが倫理の問題を基本としているが故にタチが悪い。鉢植えの植物と父。父の命を繋ぐ為に太郎は胃瘻施術に署名した。

胃瘻施術に向けて暫く父の体調の観察が続いた。父の体力は一見施術には耐えそうであったが、内臓器官は予想外に劣化が進んでいた。腎臓はほぼ機能を失っていた。これまでも医師と一族と父の医療方針を巡って長らく遣り取りが続いていたが、父の体調の予想外の好転は、二転三転の判断を双方に強いた。それでも医師は意見を述べるだけで、あくまで判断は家族となる。結局、胃瘻は諦めざるを得ず、余命を待つこと以外の方策も尽き、父の体力と気力に委ねるしかなかった。

臨終

一族の巨星が遂に落ちた。胸や腕や指先に纏わり付いた細い数々のセンサー用ワイヤーが繋がった、医療機器のスクリーン上の心電図や診断の目安になる数値の全てが、波動は横一線に、数値は非表示に、父が息絶えたことを厳然と告げた。

数日前からは鼻呼吸が叶わず、気道を確保したいのか僅かにのけ反って、口呼吸で力なくも必死に酸素を求め続けたが、口腔の渇きで喉が痛いのか、たまに顔を歪めて唾を飲み込もうとしたが、これを支える顎や横隔膜に最早余力は尽きて、未明、呼気が静かに絶えた。酸素吸入器から酸素の放出音だけがガァ～ッと虚しく漏れていた。

故郷の山を離れ、介護施設に二年、恢復見込みのない病床に伏して一年、点滴による延命治療に尽きたが、ようやくその魂は愛する故郷の山の彼方に戻って行った。山の彼方では、父がこよなく愛した先に旅立っていた娘が首を長くして待っていたことだろう。

九十歳まで余すところ二カ月、区切りを待たず世を辞すのも父らしく、田植えの繁忙期を前に、周囲を煩わす事なく世を辞すのも父らしい。葬儀の日は久方ぶりにしとしとと雨が降った。まるで父が最後まで田植えの水不足を懸念したことに応えるかの如く、まるで天がその人生を慈しむが如く。

城下から浦から山から世代を超えて弔問客が参じ、葬儀は盛大だった。弔問客からの遺族への一言一言に、太郎は首を垂れ今更ながら父の人徳を思った。太郎の知らない父と地域の人々との厚い交流を想い、太郎が父と人々とその土地と共有して来なかった長い時の経過を想った。父と喪主である子との距離は、父と弔問客である人々とのそれを縮め埋めていたとは思われない。父と子は、ついぞ腹蔵なく対話する機会を得ぬままこの日を迎えてしまった。

予期せぬ事故に見舞われる直前に、「母さん。本当にいい人生じゃったのう」と父が母にふと漏らした言葉は、今思えば、ともに同じ時間を生き、支えてくれた土地の人々への感謝の言葉であったに違いない。父は太郎の地平での生き方をどの様に見ていたのか、何も語ってはくれない。父が愛した土地やその人々に対し、太郎は感謝し、嫉妬した。

太郎が山と父の家との生活を忌み、そこから逃げる様に目指し憧れ続けた地平で生きて来た年月と、父がひたすらに山で生きて来た年月と、何の違いがあっただろう。何の為に生きたかということを太郎は自身に問わねばならない。

太郎は父の来し方を思った。父の生き方から得たものは少なからず浅からず、かくも見事なるや、の一言に尽きた。山に閉ざされた鄙なる南国の一地方に終生を尽くしたものの、視座は高く世界を見通すそれであった。「自分は何も知らない、ということを知っている」と、いにしえの哲学者はソフィストの前で論駁したが、そういう佇まいを持っていた。世に求められる人材の育成にあやまたず、その理念は、何よりも人として在るべき姿の追求にあった。古来、日本の根本を支え、形作り、中央へ数多の有為の人材を送り続けてきた日本の地方の精神の体現者であった。それを実践した人生であった。太郎は父にその思いを伝え得ぬまま、まともに向き合えぬまま、終の別れとなったことが悔やまれた。

父が、南国の隔絶した一地方に、高い精神性を確固とし高潔で理想的な人生を営むことが出来た、その原点は何であったのか。太郎は最早それを直接確認する糸口を失ってしまったが、果たして、太郎と同様に地平を目指しながらも、叶わぬ夢と散じた青年時代の挫折感にあったのではなかったか、せめてそう思いたい。父を早く亡くし、その母や弟妹を養い家を営む事を課せられた若き家長として、夢を捨てこの地に止まらなければならなかった立場の故ではなかったか。土地とこの地の人々のこの国の中心からのあまりな隔絶性故の、山肌に散在する生産性に乏しい僅かな土地に生を強いられ差別的とさえ言える地勢的ハンディの中に、何故に自分の生が定まったのか、人生と未来と環境と宿命と、その煩悶故の、人生の価値について問い続けた結果ではなかったか。この地で生きる。

父の日々

父は山間に浦に離島に城下に教鞭をとった。教育に関し、このように真摯に向き合い没頭した人間も身贔屓分を差し引いてもそうはいない。その日々を赴任地毎に教育日誌として残した。厚手のノートに細いペン字でびっしりと、いくつもの添削の跡を残して綴った。

年頭に始まり始業や終業、卒業式と節目節目の子等への挨拶、説諭、そして甚大な校内事件や、自らの教鞭を通じて気に留めた出来事を細大漏らさず認めた。その時に何を思い、考え、判断したか、反省も含めて書き留めた。相手は未だ自立途上の精神が揺籃中の触れれば傷つきやすい未来のこの国の宝物であった。ぞんざいに扱うことは出来なかったのだろう、子等へのメッセージである挨拶文には特にその気持ちが滲んでいた。

伝えるべき事への懊悩の痕跡がそこに残された。土地柄もあり、赴任先の多くは僻地であったが、行き届いた教育への子等のハンディに接して何をなすべきか管理職としての苦悩も滲んでいた。巣立っていった子等を遠く想う寒村に残された母親の愛と心遣いも共感を以て書き留めた。暴行、飲酒、不道徳、教育の現場では事件が頻発した。一筆一筆が子等の世界の難問に対座し行動し目をそらさなかった父の姿を伝えていた。

サラリーマン教師と揶揄する世の風潮も糺した。サラリーマンに対する非礼と、教師の自堕落をこれに例えることの非見識を断罪した。

教育長に就任してからも教育の在り方について現場との間で煩悶した。その思いを随想という形で、それからは子等に対してではなく大人達へ発信した。自らの教育人生とそれへの思いを、後進や父兄やそして成長したであろうかつての子等に向かって、真摯に書き留めた。

父兄や社会に詰問されても思うところを信念を持って真摯に伝えた。相手を尊重し誠実に向き合った。異論や反駁に直面しても、父の人間としての在り方、立ち居振る舞い、生き方は、それでも一目を置かれた。糾弾の最先鋒であったマスコミや父と交わった人々が後年、それを証明した。

その生き様は、考え方は、必ずや共にあった子等に投影されたことだろうと太郎は信じている。

父や父のような数多の人達が、さも当然の、人として果たすべき行いとして、そういう人生を地方に生きてきた。何故にそこまで真摯に生きねばならなかったのか。何がその様な信念に至らせたのか。人はなべて幸福に生きる権利がある、ということだろう。物質的に豊かでなくとも、精神的に豊かであることは可能である、それを教育の現場で実践しようとしたに違いない。日誌には子等への豊かな愛と思惟が横溢している。

その精神を根付かせ、支えて来たのも生きるべきその風土にあってこそだろうと太郎は思う。生きていくにはその風土は人々には全てで、不可欠で、時に呵責であった。人々は風土に聞き風土に従った。風土の一部として人々はそれに寄り添う精神を鍛えざるを得なかった。それが地方の精神として昇華していった。真摯と誠実と。

　地方の精神を継承すべき子等は今や絶滅危惧種となってしまった。都市においては、地方の精神の流入が細って、精神異常を現出せしめかねない。やがてその健全な精神を取り戻すべく都市は地方に再生の道を請うてくるに相違ない。太郎はそう思う。

　都市は幾多の文明が衰退していったと同じ道を辿る訳にはいかない。地方に種が尽きる前に、地方とあらためて紐帯を強め、双方が再生する道を探らなければならない。都市は地方の接木でしかないのであるから。

山の徳性

　父の死を通して太郎はこの歳にして宗教というものに直に関わることになった。宗教との初めての関わりという点で確かな記憶は、幼い日に托鉢僧が玄関口で鈴を鳴らし経を唱えていた光景であった。祖母や母は僧の頭陀袋に茶碗何杯分かの米を供したが、太郎には何故かような田舎まで僧が物乞いに来なければならないのか不思議であった。一方で、その時感じた僧の無常感、哀切感を太郎は容易には払拭できず、それは記憶の片隅に長く残った。僧達はそうして日々の糧を得つつ修養を積んでいたし、人々も厭うことなく感謝の気持でこれに接していた。子等は僧とすれ違う時は、笠の下に僅かに覗くその寡黙と無表情の佇まいに、何故か畏れや不気味を感じ、いつも足早になった。

托鉢に限らず法事に際しては、感謝と謙虚とが相互確認される風景が山の至る所に目撃され、それは宗教という概念を超えて、人と人との無垢なる誠実の心の交換とその醸成の行為であった。子等は何気無くその行為を目の当たりにし素直に受け入れてきた。盆には墓参し墓前を清め迎え火を焚き、その火で縁側に盆提灯を灯し仏壇に供物を供え祖先を迎えたが、それは宗教行為である以前に生活の一部として欠かすことの出来ない、祖先を敬い祖先に護られていることへの感謝を再確認する、人としての当たり前の年中行事であった。子等は当然のこととしてこれを自らも勤め受け入れてきた。それは人と人とが善道を求める為の人が成した確かに宗教というものであったろうが、宗派に関わらず子等はそれを通して人としての徳性も積み重ねていった。

一方で、子等は深い森や渓谷の深淵や山々の頂にある時、森の大きな木々が風に揺れゴーゴーと不気味な唸り声を上げる時、夜間、耳にしたことの無い物の怪の声が山の彼方から響いてくる時、神性を感じ自然何者かに対して身を正した。鎮守の杜で遊ぶ時は何かにジーッと見つめられ、見守られている事を強く意識した。山の声のおどろおどろしい呼び掛けに子等の小さな手は決まって合掌し首をすくめ何者かを遣り過ごした。山や川やあちこちに子等には見えないが恐ろしい主が確かに住んでいた。それは手出しすることのできない、圧倒的な、時にひれ伏す事を要求する畏れ多い、子等にとっての教導者というものであった。

子等は善意や徳を宗教と山の人々との関係性から、生かされていることへの尊崇と畏れとを自然との関係性から、幼い頃より心の奥底に整えていった。

今、山に托鉢僧が訪れる事は絶えてない。山々に多くの檀家を持っていた本寺は経営がままならず、里里の庵主は廃され托鉢僧の居場所も無くなった。山の檀家の減少は歯止めが利かない。それでも本寺だけは豪壮を競うが未来は覚束ない。

父は檀家代表も務め、汲々とした狭い村社会の檀家の意思統一に、広い視野を以て対応し、先代、当代の頼りにされた。それが為かは知らぬが、死して戒名に大居士を得た。母にはさぞかし値が張ったことだろう。太郎は恥ずかしながら、今に至るまで一族の宗派さえ知らなかった。やや左傾化気味の身でもあり、宗教は否定して憚ることもなかったが、一族の代表として宗旨を敬う事にもやぶさかではなかった。父を弔いつつ一族としての存在証明と紐帯を確認する為にも、法事は一族の人々にとって何をさておき一大事であった。

寺にとっても法事はお家の大事であった。死して尚、いや死してこそ、兎角、田舎の宗教行事には手間と金がかかる。やれ葬儀に始まり、逮夜、百日法要、初盆、一周忌、三周忌、延々と行事が続き寺の命脈を繋いでいく。山の生き生きとした死の前に僧侶は息つく暇もない忙しさである。子等が絶えた今、寺の新規顧客開拓は絶望的であることは寺にも自明のことであろうが、法事は寺への事前の予約なしには一切進まない。法事に忙殺される僧侶達の姿はもはや刹那的としか言いようが無い。

檀家制度は徳川に始源の政治と宗教が連携したそれは見事なビジネスモデルであるが、檀家の減少と布施の減少は連動する。その成功モデルが急速に崩壊しつつある。老いた人々が昔ながらの法事を営み、やがて自らが此岸から彼岸へ渡っていく。かつてのように側にこれを見守る子等がいない。山に法事が営めなくなる時期はさして遠くはない。溢れんばかりの幽遠な自然の中に子等がいない。山や川の主たちはさぞや手持ち無沙汰であろう。

人や自然との濃密な関係があってこそ培われて来た嘗ての子等の徳性や自然への尊崇は、もはや地平に繋がることはない。その精神はこの国の何処で醸成されていくのであろう。宗教の存在とこれを敬う人々の関係はあって然るべきだと太郎は今思う。宗教は更に大きな自然の摂理に誘われひれ伏して来た人々があってこそ存立する、太郎はそう思う。

惜別

太郎は就学や就職に際しては、父の意を汲んで生計の成り立つ道を選択した、と言うよりは、他に選択の道を持っていなかったに過ぎない。そこそこの大学に入学し、そこそこの会社に就職する事が目的化し、何の道で生きるかはぞんざいにした。多くの学生に共通のものだったかもしれない。当時は学歴は十分にものを言ったし、世はオイルショックの余波で就職難であった。太郎は生来の物作りを嗜好する性格が手伝って就職においては製造業への就職を優先した。幸いにもそこそこの製造業に職を得た。太郎の留年すれすれの学業成績では奇跡と言っても良い。

配属先は国際ビジネスを希望し、その通りになった。太郎にとっては、父の知見のあるテリトリーからの脱却、と言うよりは逃避の為だったかもしれないが、父を凌ぐ為には異国との関わりは重要であった。奇妙な論理ではあったに違いないが、父と土壌を同じにしない世界が重要であった。とは言え、太郎には祖母から父へと引き継がれて来た誠実と実直以外に手立てを持ち合わせてはいなかった。それを以て憧れて来た地平に更にその海の向こうに生きて来た。

多くの国を訪れそこで多くの知己を得、多くの事を体得し或いは学んだ。誠意と相手への尊敬と最後は良識と常識に照合すれば大概は通じ、大概はうまく言った。己の気持ちを込めないものの多くは頓挫し長続きはしはなかった。やらされる前にやる事を主義としたが、それを勝手放題と言い替えることも可能だ。艱難もあったが、可もなく不可もなくの地平の人生であったろう。

果たして太郎は父を凌いだか、父に勝てたか、それが無意味な問いかけである事を、父の往生が、その死が、太郎に暗黙に告げてくれた事は間違いない。

地平では多くの人々の一日は通勤通学電車に列をなすことから始まる。多くの人々にとっては自らの意思と力で一日を始めることが難しい世界である。人が決めたルールや作った機械に身を委ねることで一日の時間が動き出す。それは一年を通じて大きく変化することはない。山では同じ頃、人々は表に出て田地の上の天を仰ぎ、空気を嗅ぎ、やがて顔を出すであろうお天道様の体調を窺うことに始まる。相対するは人ではなく宇宙の摂理である、田地の土壌や作物との対話である。同じ地上の生物として、世話をしされるものとの今日生きるリズムの確認である。まして一年を通じてそのリズムを予測することは不可能に近い。地平では多くの人々にとって相対するは人である。宇宙の摂理が働くことのない、概ね人が律することで運行する世界である。山と地平のリズムは一致することはなく、非調和は広がるばかりだ。

爾来、地方には都市を支えるに十分な、時代を経て蓄積してきた豊かな資産があり、少なくともこれを減らすことはなかった。都市がひたすらそれを消費しても余りあった。地方が都市を圧倒し、都市は地方が育んだ良質の精神とこれが産み出す良質な資源を元に発展を遂げてきた。

近年、都市で駅舎のプラットホームに人々の為す列が増え、そしてそれが長くなるにつれ、地方はその資産の急速な減少を余儀なくされてきた。都市の近郊の田地や未だ手付かずの原野の豊かな青々とした土壌が容赦なく削がれ、立錐の余地のない宅地やコンクリートに塞がれ、幾多の生命が息の根を止められ、都市と地方との間には画然として線引きが為されていった。月日はやがて都市の多くの人々から望郷の心や、自らを形作ってきた自然への尊敬の心を、それは嘗て子等が恐れ慄いた神性なるものであったが、何処かに消し去っていった。

太郎の憧れた地平は太郎には一言で言えば大体そういうところだった。太郎はそこに多くの月日を過ごし人々と駅舎に列をなした。この間、地方では、父が、父のような人々が、未だそれがこの国への務めだと信じて、ひたすら良質な精神を涵養していた。

古来より、少なくとも幕末までは、自然との共生という観点においては、都市と地方との間に明確な線引きは困難であった。自然林や白砂青松の側に、森や林の中に、都市機能が散在し人が生活した。巨大人工物は城郭を除けば都市には存在せず、道路とて人の往来が出来さえすれば十分に機能した。大動脈であった昔日の五街道さえ、都市を出ればそこらの田舎の野道のようなものであり、自然環境が損なわれる様な大層な代物ではなかった。

都市の構造物や生活用品の全ては木材に頼った。極論すれば、火事で都市が焼失しても焼畑の後の自然の鮮やかな緑の再生の如く、都市は時を置かず軽やかに再生して来た。都市にあっても農村同様に自然との共生は上手くいっており、環境と人の生活との循環システムは概ね機能した。欧州の都市と自然のそれは今に通じ、共生よりは搾取の関係が歴史的に証明されてきた。その為に幾多の文明が滅んだ。日本の地方と都市と自然の共生は世界にも稀有な事例であったやもしれない。所詮、懐古主義ではある、が、自然に対して余りな傲慢であり続ける事には気付いても良い。

少なくともこの国の根本精神の醸成は少なからずその特異な自然環境に依るところに相違なく、それは地方に生成し息づき、やがて都市が国柄として体現した。今はこれらの境界は画然として少なくとも自然は都市に容易には近づけない。近づけば抹殺されてしまう。僅かにその精神だけは自然と未だ共生関係にある地方の子等により連綿として都市に運び込まれ続けて来た。今やその関係も危うい。地方では自然が逆に人々を圧殺し始め、地方が消滅の途上にある。

地方が都市に図らずも果たしたその機能を、徐々にそして急速に喪失し始めてから久しい。それとともに健全に維持されてきた都市の精神も自ずと荒廃の様相を呈し始めた。千年を超えて国を形作ってきたルーツを阻害しては国柄さえも立ち行かない。政治の姿勢にそれが現れ始めている。生命を育む土壌を持たない都市が自らの精神を育むことなぞありはしない。あるとすれば地方との決別であり、かつてこの国が経験して来なかった異質な精神の登場であろう。それはもはや宇宙の摂理と対話できる精神ではない。太郎には、父の終末に立ち会いその事が今更ながら分かったような気がした。父もまた宇宙の摂理との対話を通じて、この地上にあって人としてどう生き、その生をどう全うすべきかを考え続け実践して来たに相違ない。

太郎は今、そろそろ駅舎に列をなすことをやめ、父の求めた、当たり前だが都市にあっては直視する機会の少ない、それでもこの国にとって意味のある根本的な精神について、父の来し方の中に探ってみてもいいような気がした。少なくとも、それによって、父と父を弔問した人々との距離を詰める事が出来るような気がした。

死が生き生きとしてそこにある。父の葬儀の斎場も火葬場もとにかく大繁盛で確保に難渋した。そこに多くの尽きた人生を送り出し続ける医療機関や介護施設の手当は尚難しい。小さな地方都市には不相応な規模の病院や介護施設が増えていく、人材は追いつかない。いずれ遠くない日に自身が介護を受けるであろうその候補者が介護を担わざるを得ない憂慮すべき現実がそこにある。子等はいない、子等は戻ってこない。

城山は泰然として今もそこにあり、父が山の彼方に旅立った後も、父の故郷の山河を睥睨し続けるのであろう。少なくとも都市が地方を必要とし続ける限りは。

その命脈が尽きつつある。
死が生き生きとしてそこにある。

完（2017年　芒種の頃）

愛する妻へ

父や母やその一族への君が示した変わらぬ献身と誠意に対して、如何なる感謝の言葉も僕の浅薄な言語の中からは見出すことが出来ない。地平に生きてきた君の、僕の父や母の山の営みや環境が、容易く受け入れられるものとは、一族の誰しもが思い描けはしなかった筈だ。父を継ぐべき家長としての不行きを、よくも確固として支え挽回し、「この妻無くして功無し」との、母や一族の君への賛辞は、僕の誇りである。君と君を育てた御両親へ心から感謝と敬意を表したい。僕が山の彼方に旅立つまでには、せめて「ダイヤモンドの詰め合わせ」を君に残してあげるつもりだ。

愛する娘へ

君の山の祖父が君の父に期待したものを、君は図らずも父の悪あがきのこれまでの日々を尻目に、あっさりと獲得してしまったようだ。山の彼方にある君の叔母を、せめて男であればと君の祖父は嘆いていたが、父を手玉にとる君を、山の彼方の祖父と叔母は、さぞかし意を得たりと快哉しているだろう。君の強い意志と優しさは、山の彼方の祖父や叔母が残してくれた賜物だ。大切に更に磨きをかけるがよい。

柴田　耕二（しばた　こうじ）

1954年、大分県南海部郡本匠村（現・大分県佐伯市）生まれ。

九州大学経済学部卒。

関西系大手メーカーにて国際ビジネスに従事（この間、サウジアラビア、米国に駐在）。現在、同社嘱託。


忘れなそ、ふるさとの山河－父と地方の精神－

2019年9月26日　第1刷発行

著　者　柴田耕二
発行人　大杉　剛
発行所　株式会社 風詠社
〒553-0001 大阪市福島区海老江5-2-2
大拓ビル5 - 7階
TEL 06（6136）8657　http://fueisha.com/
発売元　株式会社 星雲社
〒112-0005 東京都文京区水道1-3-30
TEL 03（3868）3275
装幀　2DAY
印刷・製本　小野高速印刷株式会社

ISBN978-4-434-26610-2 C0095